ふるさと文学さんぽ

京都

監修●真銅正宏
同志社大学教授

大和書房

川端康成

●ノーベル文学賞受賞記念講演「美しい日本の私」より抜粋

雪の美しいのを見るにつけ、月の美しいのを見るにつけ、つまり四季折り折りの美に、自分が触れ目覚める時、美にめぐりあふ幸ひを得た時には、親しい友が切に思はれ、このよろこびを共にしたいと願ふ、つまり、美の感動が人なつかしい思ひやりを強く誘ひ出すのです。この「友」は、広く「人間」ともとれませう。また「雪、月、花」といふ四季の移りの折り折りの美を現はす言葉は、日本においては山川草木、森羅万象、自然のすべて、そして人間感情をも含めての、美を現はす言葉とするのが伝統なのであります。

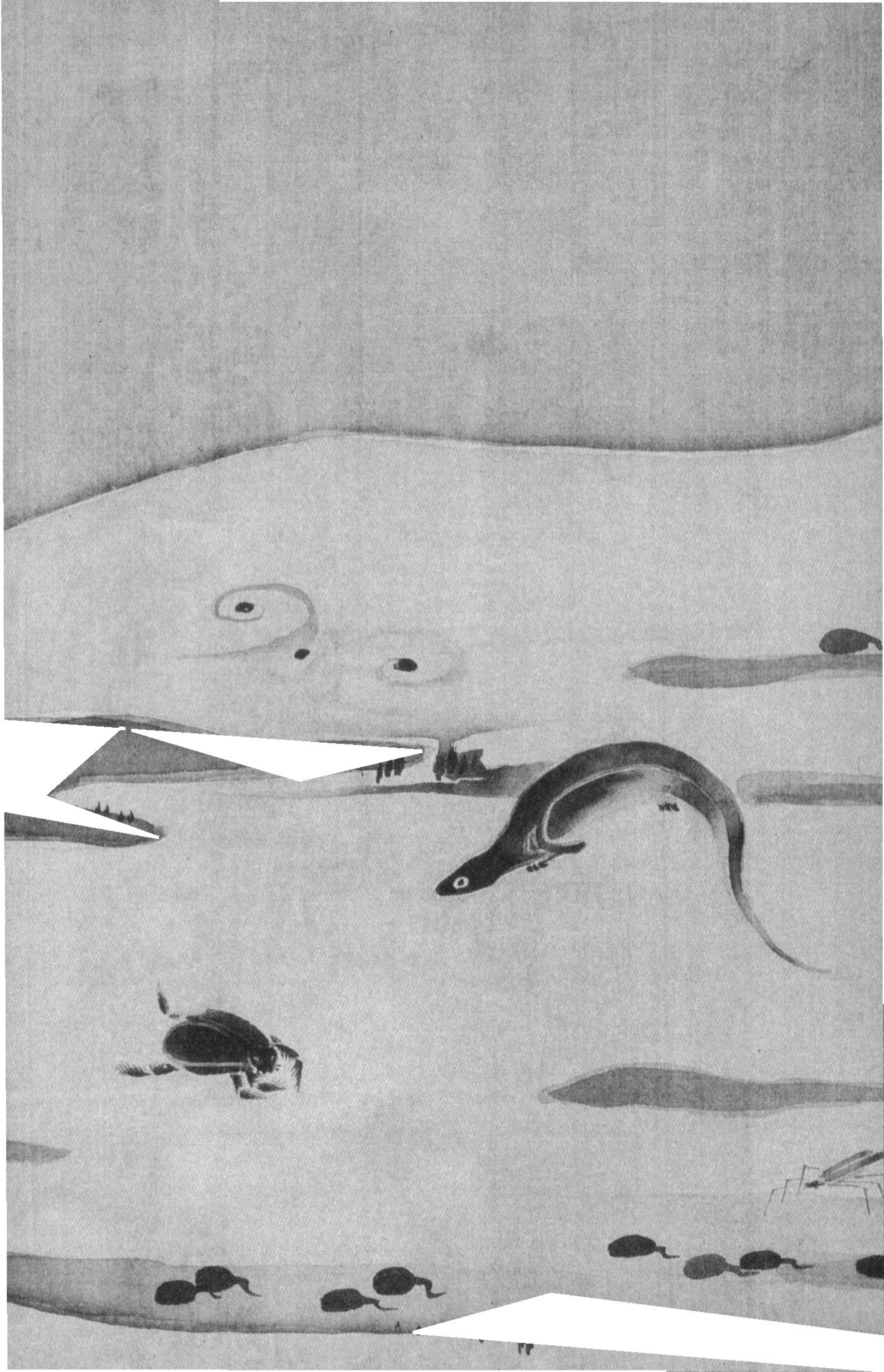

目次

寺と庭

食

街

川

歳時記

大学

海

さまざまな時代に、さまざまな作家の手によって、「京都」は描かれてきました。
本書は、そうした文学作品の断片（または全体）を集めたアンソロジーです。また、
本書に掲載された絵画は、すべて伊藤若冲によるものです。

寺と庭

金閣寺

三島由紀夫

　戦争末期の京都の、或《あ》る挿話が思い出される。それはほとんど信じがたいことであるが、目撃者は私一人ではない。私の傍らには鶴川がいたのである。

　電休日の一日、私は鶴川と一緒に南禅寺へ行った。まだ南禅寺を訪れたことがなかった。私たちはひろいドライブウェイを横切って、インクライン★1に跨《また》る木橋を渡った。

　五月のよく晴れた日であった。インクラインはもう使われていず、船を引き上げる斜面のレールは錆《さ》びて、レールはほとんど雑草に埋もれていた。その雑草には白いこまかな十字形の花が風にわないていた。インクラインの斜面の起るところまで、汚れた水が淀《よど》み、こちら岸の葉桜並木の影をどっぷりと涵《ひた》していた。

　私たちはその小さな橋の上で、何の意味もなしに、水のおもてを眺めていた。戦争中の思い出のほうぼうに、こういう短い無意味な時間が、鮮明な印象でのこっている。何もしていなかった放心の短い時間が、時たま雲間にのぞかれる青空のように、ほうぼうに残っている。そういう時間が、まるで痛切な快楽の記憶のように鮮やかなのは、ふしぎなことだ。

「ええもんやな」

と私はまた、何の意味もなく、微笑して言った。

「うん」

鶴川も私を見て微笑した。二人はこの二三時間が自分たちの時間であることをしみじみと感じていた。

砂利の広い道がつづくかたわらには、美しい水草をなびかせて、清冽《せいれつ》な水の走っている溝があった。やがて名高い山門が目の前に立ちふさがった。

寺内にはどこにも人影がなかった。新緑のなかに多くの塔頭《たっちゅう》の甍《いらか》が、巨大な銹銀《さびぎん》いろの本を伏せたように、秀《ひい》でていた。戦争というものが、この瞬間には何だったろう。ある場所、ある時間において、戦争は、人間の意識の中にしかない奇怪な精神的事件のように思われるのであった。

石川五右衛門《ごえもん》がその楼上の欄干《らんかん》に足をかけて、満目の花を賞美したというのは、多分この山門だった。私たちは子供らしい気持で、もう葉桜の季節ではあったけれど、五右衛門と同じポーズで景色を眺めてみたいと考えた。わずかな入場料を払って、木の色のすっかり黒ずんだ急傾斜の段を昇った。昇り切った踊り場で鶴川が低い天井に頭をぶつけた。それを笑った私も忽ちぶつけた。二人はもう一曲りして段を昇り、楼上へ出たのである。

穴ぐらのようなせまい階段から、広大な景観へ、忽ちにして身をさらす緊張は快かった。葉桜や松のながめ、そのむこうの家並《やなみ》のかなたにわだかまる平安神宮の森のながめ、京都市街の果てに霞《かす》む嵐山《あらしやま》、北のかた、貴船《きぶね》、箕《み》ノ裏《うら》、金毘羅《こんぴら》などの連山のたたずまい、こういうものを十分にたのしんでから、寺の徒弟らしく、履物を脱いで恭《うやうや》しく堂裡《どうり》へ入った。暗い御堂には二十四畳の畳を敷き並べ、釈迦《しゃか》像を中央に、十六羅漢《らかん》の金いろの瞳《ひとみ》が闇に光っていた。ここを五鳳楼《ごほうろう》というのである。

南禅寺は同じ臨済宗でも、相国寺派の金閣寺とちがって、南禅寺派の大本山である。私たちは同宗異派の寺にいるわけである。しかし並の中学生同様、二人は案内書を片手に、狩野《かのう》探幽《たんゆう》守信と土佐法眼徳悦の筆に成るといわれる色あざやかな天井画を見てまわった。

天井の片方には、飛翔《ひしょう》する天人と、その奏《かな》でる琵琶《びわ》や笛の絵が描かれていた。別の天井には白い牡丹《ぼたん》を捧《ささ》げ持つ迦陵頻伽《かりょうびんが》★2が羽搏《はばた》いていた。それは天竺雪山《てんじくせっせん》に住む妙音の鳥で、上半身はふくよかな女の姿をし、下半身は鳥になっている。また中央の天井には、金閣の頂上の鳥の友鳥、あのいかめしい金色の鳥とは似ても似つかぬ、華麗な虹《にじ》のような鳳凰が描いてあった。

釈尊《しゃくそん》の像の前で、私たちはひざまずいて合掌した。御堂を出た。しかし楼上からは去りがたかった。そこで昇ってきた段の横手の南むきの勾欄《こうらん》にもたれていた。

私はどこやらに何か美しい小さな色彩の渦のようなものを感じていた。それは今見て来た天井画の極彩色の残像かとも思われた。豊富な色の凝集した感じは、あの迦陵頻伽に似た鳥が、いちめんの若葉や松のみどりのどこかしらの枝に隠れていて、華麗な翼のはじを垣間《かいま》見せているようでもあった。

そうではなかった。われわれの眼下には、道を隔てて天授庵《てんじゅあん》があった。静かな低い木々を簡素に植えた庭を、四角い石の角《かど》だけを接してならべた敷石の径《みち》が屈折してよぎり、障子をあけ放ったひろい座敷へ通じていた。座敷の中は、床の間も違い棚も隈《くま》なく見えた。そこはよく献茶があったり、貸茶席に使われたりするらしいのだが、緋毛氈《ひもうせん》があざやかに敷かれていた。一人の若い女が坐《すわ》っている。私の目に映ったものはそれだったのである。

戦争中にこんなに派手な長振袖《ながふりそで》の女の姿を見ることはたえてなかった。そんな装《よそお》いで家を出れば、道半ばで咎《とが》められて、引返さざるをえなかったろう。それほどその振袖は華美であった。こまかい模様は見えないが、水色地に花々が描かれたり縫取りされたりしており、帯の緋にも金糸が光り、誇張して云《い》うと、あたりがかがやいていた。若い美しい女は端然と坐っていて、その白い横顔は浮彫され、本当に生きている女かと疑われた。私は極度に吃《ども》って言った。

「あれは、一体、生きてるんやろか」

「僕も今そう思っていたんだ。人形みたいだなあ」

と鶴川は勾欄にきつく胸を押しつけ、目を離さずに答えた。

そのとき奥から、軍服の若い陸軍士官があらわれた。彼は礼儀正しく女の一二尺前に正坐《せいざ》して、女に対した。しばらく二人はじっと対坐していた。

女が立上った。物静かに廊下の闇に消えた。ややあって、女が茶碗《ちゃわん》を捧げて、微風にその長い袂《たもと》をゆらめかせて、還《かえ》って来た。男の前に茶をすすめる。作法どおりに薄茶をすすめてから、もとのところに坐った。男が何か言っている。男はなかなか茶を喫しない。その時間が異様に長くて、異様に緊張しているのが感じられる。女は深くうなだれている。……信じがたいことが起ったのはそのあとである。女は姿勢を正したまま、俄《にわ》かに襟元をくつろげた。私の耳には固い帯裏から引き抜かれる絹の音がほとんどきこえた。白い胸があらわれた。私は息を呑《の》んだ。女は白い豊かな乳房の片方を、あらわに自分の手で引き出した。

士官は深い暗い色の茶碗を捧げ持って、女の前へ膝行《しっこう》した。女は乳房を両手で揉《も》むようにした。

私はそれを見たとは云わないが、暗い茶碗の内側に泡立っている鶯《うぐいす》いろの茶の中へ、白いあたたかい乳がほとばしり、滴《した》たりを残して納まるさま、静寂な茶のおもてがこの白い乳に濁って泡立つさまを、眼前に見るようにありありと感じたのである。

男は茶碗をかかげ、そのふしぎな茶を飲み干した。女の白い胸もとは隠された。

私たち二人は、背筋を強《こわ》ばらせてこれに見入った。あとから順を追って考えると、それは士官の子を孕《はら》んだ女と、出陣する士官との、別れの儀式であったかとも思われる。しかしそのときの感動は、どんな解釈をも拒んだ。あまり見詰めすぎたので、いつのまにかその男女が座敷から姿を消し、あとにはひろい緋毛氈だけの残されていることに、気のつくには暇がかかった。
私はあの白い横顔の浮彫と、たぐいなく白い胸とを見た。そして女が立去ったあとでは、その一日の残りの時間も、あくる日も、又次の日も、私は執拗《しつよう》に思うのであった。たしかにあの女は、よみがえった有為子《ういこ》その人だと。

『金閣寺』より　抜粋

★1　インクライン＝斜面にレールを敷き、動力で台車を走らせ、貨物や船を昇降させる一種のケーブル・カー。
★2　迦陵頻伽＝仏教で雪山または極楽に住む鳥。人頭、鳥身で、美声を発するという。

解説

小説『金閣寺』は、一九五〇年七月二日に実際に起こった金閣寺放火事件を題材にした文学作品です。物語は、金閣寺の美にとりつかれた「私」溝口の告白によって進んでいきます。事件の動機として主人公の溝口が重い吃音であったことや、理想の伝統美である金閣寺が、日本の敗戦によって喪失するかもしれないという恐れから放火に至った経過が描かれています。

掲載した場面は、主人公の溝口が南禅寺を訪ねたときに遭遇した光景について描かれています。

京都市左京区にある南禅寺は、天皇や上皇の発願によって国家鎮護・皇室繁栄などを祈願して創建された日本で最初の勅願禅寺で、京都五山や鎌倉五山の上におかれて別格に扱われる、日本で最も格式の高い禅寺です。

三島由紀夫は、戦争の最中から戦後へと移り変わっていく京都の姿を丁寧にたどり、金閣寺や南禅寺といった寺院を背景にしながら、若い男女の息の詰まるような営みを作品へと仕上げていったのでした。

金閣寺は、正式には鹿苑寺《ろくおんじ》といい、相国寺派の塔頭寺院の一つです。

現寺地には、もともとは西園寺家の山荘がありましたが、それを足利義満が譲り受け、北山殿という大規模な邸宅を造営して、幕府の政治の中心地としていました。義満の死後、遺言によって舎利殿の「金閣」を残して解体され、禅寺となったのでした。

「金閣」は、漆塗りに金箔を張った建物で、一九五〇年に全焼したあと一九五五年にほぼ焼失前の姿に再建されました。各層に別々の建築様式を採用した独特の造りが「金閣」の特徴で、屋根はこけら葺き、頂上には鳳凰が輝いています。

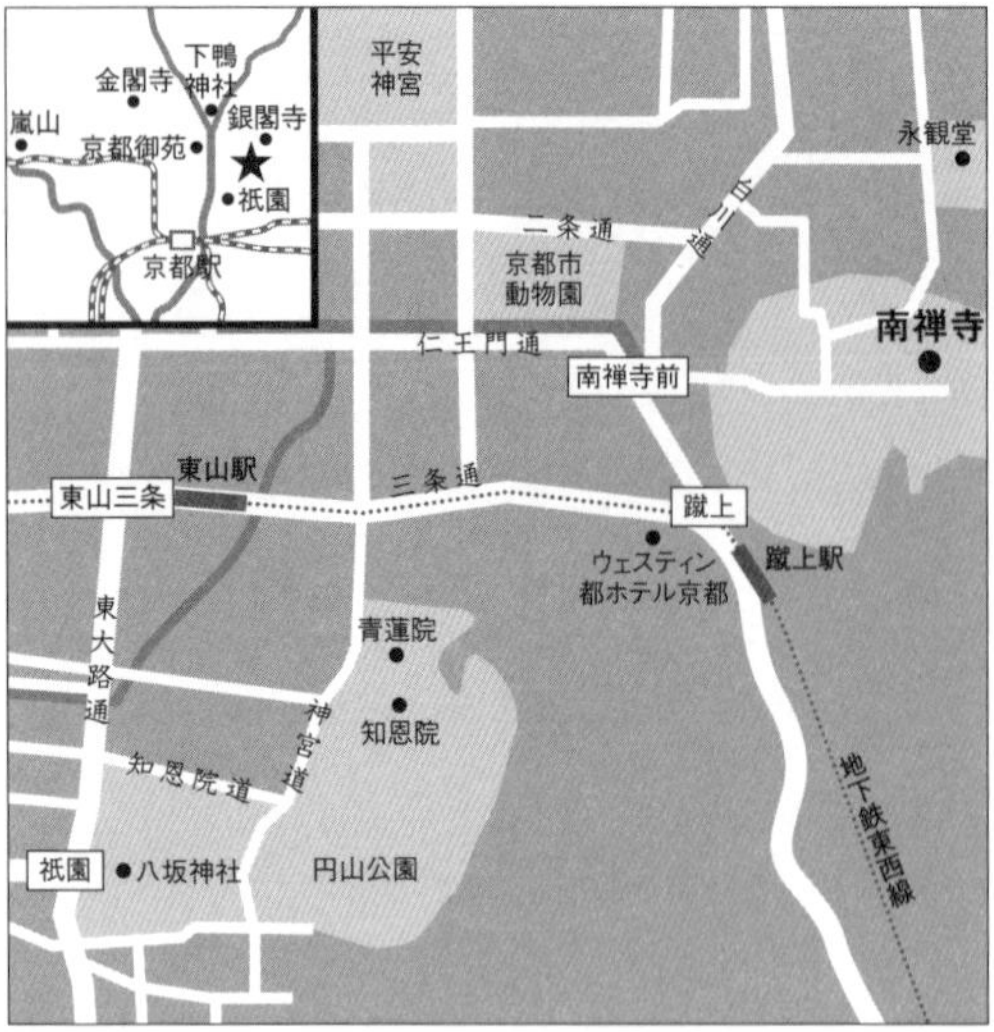

三島由紀夫

（みしま　ゆきお）1925～1970

現在の東京都新宿区生まれの小説家・劇作家。東京帝国大学（現在の東京大学）卒業後、大蔵省に就職するが、一年足らずで退職し作家生活に入る。60年安保闘争の頃から、ナショナリズムに傾倒し、1970年、『豊饒の海』最終稿を出版社に渡した直後、自衛隊の市ヶ谷駐屯地（現在の防衛省本省）で割腹自殺した。

『金閣寺』
新潮文庫／1960年

祇園の枝垂桜

九鬼周造

私は樹木が好きであるから旅に出たときはその土地土地の名木は見落さないようにしている。日本ではもとより、西洋にいた頃もそうであった。しかしいまだかつて京都祇園《ぎおん》の名桜「枝垂桜《しだれざくら》」にも増して美しいものを見た覚えはない。数年来は春になれば必ず見ているが、見れば見るほど限りもなく美しい。

位置や背景も深くあずかっている。蒼《あお》く霞《かす》んだ春の空と緑のしたたるような東山とを背負って名桜は小高いところに静かに落ちついて壮麗な姿を見せている。夜には更に美しい。空は紺碧《こんぺき》に深まり、山は紫緑に黒ずんでいる。枝垂桜は夢のように浮かびでて現代的の照明を妖艶《ようえん》な全身に浴びている。美の神をまのあたり見るとでもいいたい。私は桜の周囲を歩いては佇《たたず》む。あっちから見たりこっちから見たり、眼を離すのがただ惜しくてならない。ローマヤナポリでアフロディテの大理石像の観照に耽《ふけ》った時とまるで同じような気持である。炎々と燃えているかがり火も美の神を祭っているとしか思えない。

あたりの料亭や茶店を醜悪と見る人があるかも知れないが、私はそうは感じない。この美の神のまわりのものは私にはすべてが美で、すべてが善である。酔漢が一升徳利を抱《かか》えて暴れているのもいい。群集からこぼれ出て路端に傍若無人に立小便をしている男も見逃してやりたい。どんな狂態を演じても、どんな無軌道に振舞っても、この桜の前ならばあながち悪くはない。

今年は三日ばかり続けて散歩がてらに行ってみたが、いつもまだ早過ぎた。三日目には二、三分通りは花が開いていた。その後は雨に降り込められたり世事に忙殺されたりして桜のことを忘れていた。思い出して行った午後にはもう青葉まじりになってチラリチラリと散っていた。七、八分という見頃から満開にかけてはとうとう見損ってしまった。

更に数日後に、花がないのは覚悟でもう一度行ってみた。夜の八時頃であったろう。枝垂桜の前の広場のやぐらからレコードが鳴り響いて、下には二十人ばかり円を描いて踊っている。四十を越えた禿げ頭の男からおかっぱの女の子までまじっている。中折帽も踊っていれば鳥打帽も踊っている。着流しもいれば背広服もいる。よごれた作業服を纏《まと》ったまま手拍子とって跳ねている若者もある。下駄、草履《ぞうり》、靴、素足、紺足袋《たび》、白足袋が音頭に合せて足拍子を揃えている。お下げ髪もあれば束髪もある。私が振返ってすっかり青葉になってしまった桜を眺めている間に、羽織姿の桃割《ももわれ》と赤前垂《あかまえだれ》の丸髷《まるまげ》とが交って踊り出した。見物人の間に立って私はしばらく見ていた。傍の男がこのくらいすくない方がかえっていいと呟《つぶや》いていたから、花盛りにはよほど大ぜい踊っていたものらしい。

知恩院《ちおんいん》の前の暗い夜道をひとり帰りながら色々なことを考えた。ああして月給取《げっきゅうとり》も店員も運転手も職工も小僧も女事務員も町娘も女給も仲居もガソリンガールも一緒になって踊っているのは何と美しく善いことだろう。春の夜だ。男女が入り乱れて踊るにふさわしい。これほど自然なことは滅多にあるまい。異性が相共《とも》に遊ぶ娯楽が日本にはあまりになさ過ぎる。人間は年が年じゅう、朝から晩まで、しかめ面《つら》して働いてばかりいられるものではない。たまにはほがらかに遊ばなければ仕事の能率も上りようがない。識者は思想問題や社会問題の由《よ》ってくるところを深く洞察すべきである。ああして一銭も要らずに誰れでもが飛び入りで踊って遊べるというのは何といいことであろう。こういう機会は大衆のためにしばしばつくってやらなければいけない。生きるためにはみんな苦労がある。ああして踊っている間はどんな苦労も忘れているだろう。

乙《おつ》な桜の　アラ　ナントネ
粋をきかした　縁むすび
スッチョイコラ　スッチョイコラ

私の耳の奥にはまだ歌が響いていた。何のせいか渾身《こんしん》に喜びが溢れてくる。私はどこの誰れとも知らない彼らみんなの幸福を心のしん底から祈らずにはいられない気持になった。接木《つぎき》をしたとかいう老桜よ、若返ってくれ。いつまでも美と愛とを標榜して人間の人間性の守護神でいてくれ。

『九鬼周造随筆集』より

解説

京都市は、山や丘陵に囲まれている盆地なため、春になると街中から桜の花が開花しはじめ、そのの ち周辺の山や丘陵の桜が後を追うようにして花開きます。毎年同じように桜の開花は市中からはじまり、嵐山や嵯峨野が続き、西山、鞍馬寺、大原へと桜前線が広がっていきます。

九鬼周造が「見れば見るほど限りもなく美しい」と褒めた名桜・祇園の枝垂桜とは、円山公園にある枝垂桜のことで、品種は「一重白彼岸枝垂桜《ひとえしろひがんしだれざくら》」といいます。

円山公園の枝垂桜は、京都を代表する桜として、最も愛されている桜の一つで、現在の枝垂桜は、初代の樹から苗木をとって育て、一九四九年に寄贈された二代目です。樹高は十二メートルほどで、寄贈した十五代目造園家の佐野藤右衛門が丹精込めて育てた枝垂桜です。

初代の枝垂桜は、八坂神社が祇園社《ぎおんしゃ》、感神院《かんしんいん》などと呼ばれていた頃、その坊の一つ宝寿院の庭にあった樹齢二百年余りの樹で、明治の中頃には隆盛を極めていました。長く花の糸を引く美しい枝振りが多くの人々から注目され「円山の枝垂桜」とか「祇園の夜桜」とも呼ばれて人気を博しましたが、一九四七年に枯死してしまいます。

円山公園は、明治維新まで八坂神社や円山安養寺の境内の一部でしたが、廃仏毀釈によって土地が政府に没収され、一八八六年に総面積約九万平方メートルの公園として整えられました。

一九一二年には、作庭家の小川治兵衛によって池泉回遊式の日本庭園として整備され、京都を代表する庭園の一つになります。

現在の園内には、シダレザクラ、サトザクラ、ソメイヨシノなど約八百五十本もの桜の樹が植えられています。春のお花見シーズンにはライトアップされ、深夜になっても花見客が絶えません。

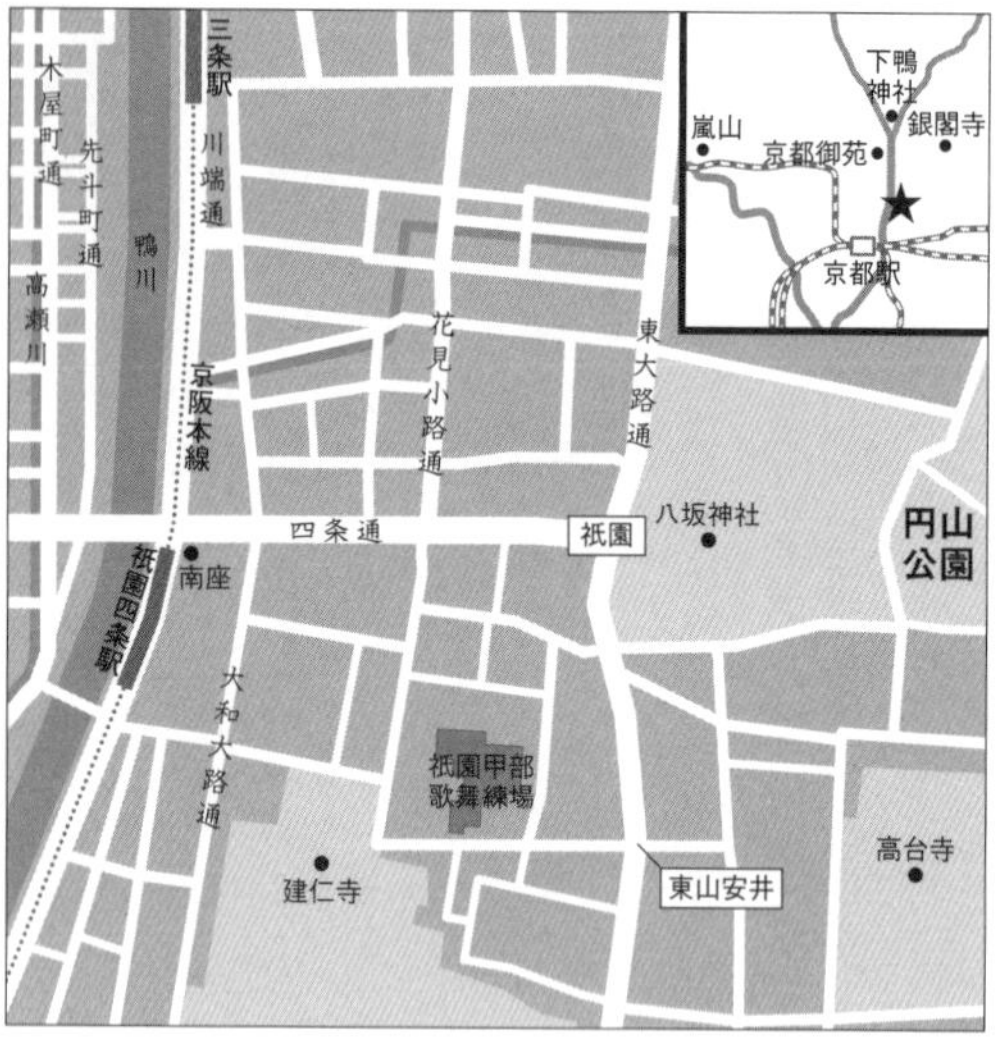

九鬼周造

(くき　しゅうぞう) 1888〜1941

東京都生まれの哲学者。東京帝国大学(現在の東京大学)卒業後、ヨーロッパに留学し、ハイデガーらに師事。帰国後、1935年に京都帝国大学(現在の京都大学)の教授となる。1930年に発表された『「いき」の構造』は、日本の哲学に新生面をひらく。1935年には『偶然性の問題』を著したが、研究の途中で病没。

『九鬼周造随筆集』
岩波書店／1991年

にぎやかな天地

宮本輝

聖司《せいじ》は、高校生のとき、祖母に誘われて京都市美術館に行き、そのあと三十三間堂に足を延ばしたことがある。

美術館では書道展を催していた。祖母は七十歳になったとき書道を習い始めた。その書道の先生からぜひ観《み》ておくようにと言われて入場券を貰《もら》ったのだが、祖母は京都の地理に不案内だった。祖母をひとりで行かせるのは心許《こころもと》ないと母が案じて、聖司がついて行くことになったのだ。

三十三間堂で見たものは、聖司はほとんど覚えていなかった。

中央に金色の観音像があったような気がするし、その周りには夥《おびただ》しい数の金色の仏像もあった。そしてそれら仏像を守護する形で「二十八部衆」と称する、奇怪といえばいえる神とも菩薩《ぼさつ》とも鬼神とも取れる像があった。

聖司が克明に記憶しているのは、中央の仏像を指差して、

「あれは私で聖司で路子《みちこ》で涼子《りょうこ》で、死んだ佑司《ゆうじ》さんや」

と言った祖母の声であった。

いったい何を言いだすのかと思ったが、聖司は祖母の言葉の意味が皆目わからず、周りの多くの見学者の視線が恥かしくて、聞こえないふりをしていた。

祖母のお守り役で書道展につき合わされたことも迷惑だったし、三十三間堂で仏像を見学することも退屈このうえなくて、聖司は早く甲陽園《こうようえん》に戻りたくてたまらなかったのだ。だから、そのあと見学者の流れに押されるように無数の仏像の前を歩きつづけながら聖司に語りかけた祖母の言葉は覚えていなかった。

あのあと、四条河原町の阪急電車の駅の近くで祖母に紅茶とケーキをご馳走《ちそう》してもらったのだったなと思いながら、聖司は千体観音堂と名づけられた建物の入口で靴を脱ぎ、売店で「三十三間堂の佛たち」と題された写真集を買った。

中央の金色の坐像《ざぞう》が「中尊千手観音坐像」であること。その坐像を取り囲む四体の像が四天王であり、それらの左右に居並ぶ千体の金色の像が千体千手観音像で、二十四体の姿も呼称

も異なる一種異様な諸像が、四天王も合わせて二十八部衆であり、そこに風神と雷神が加わって三十体の諸天・鬼神となることを、聖司は買ったばかりの本を売店の横で立ったまま読んで知った。

「どれが、俺で、お母ちゃんで、お姉ちゃんで、どれが死んだお父ちゃんやねん」

そう胸の内で言いながら、聖司は夥しい数の諸像が並ぶ堂に足を進めた。

鎌倉彫刻の傑作といわれる二十八部衆像が、確かに強い迫力を持って聖司の心に入ってきた。

聖司の目は、中央の観音坐像にも、その左右に居並ぶ千体の千手観音像にも移らず、雷神と那羅延堅固《ならえんけんご》と名づけられた木像に吸い寄せられた。恐しい形相と逞《たくま》しい筋骨の、鬼神とも善神ともつかない仏像は、手を奇妙に反らせ、拳《こぶし》を握りしめて、何物かを威嚇《いかく》していた。

穏やかなまなざしの大弁功徳天《だいべんくどくてん》もいる。大きな鼓を打ち鳴らす緊那羅王《きんならおう》もいる。鎧《よろい》に身を固め、剣を持っているのは金色孔雀王《こんじきくじゃくおう》で、怒髪天を突かんばかりに睨《にら》みつけてくるのは乾闥婆王《けんだつばおう》だった。

大梵天王《だいぼんてんのう》、満善車王《まんぜんしゃおう》、沙羯羅王《しゃがらおう》、金大王《こんだいおう》、金毘羅王《こんぴらおう》、五部浄《ごぶじょう》、神母天王《じんもてんのう》……。

聖司は、本をひらいて、それぞれの像についての解説を読みながら、一体一体に見入った。

横笛を吹いている迦楼羅王《かるらおう》は、人間の顔ではなかった。鳥に近い異相だが、仏を守護する善神だという。

婆藪仙人《ばすせんにん》に至っては、痩《や》せさらばえた半裸の醜い老人で、まるで墓穴から出て来た亡者のような趣で、いったいこれがいかなる力で仏を守護するのか、聖司にはわからなかった。

摩和羅女《まわらにょ》、難陀龍王《なんだりゅうおう》、摩醯首羅王《まけいしゅらおう》、毘婆迦羅王《ひばからおう》、阿修羅王《あしゅらおう》、帝釈天王《たいしゃくてんのう》、散脂大将《さんじたいしょう》、満仙人《まんせんにん》……。

聖司は、日本の鎌倉期においてすでに彫刻芸術はその極致に達していたのだということを初めて知った思いがした。

この卓越したリアリズムと抽象性の変幻自在な融合を、当時の彫刻家たちにもたらした思想とは何なのであろう。

聖司はそう考え、これはわずか十数分で見終わって通り過ぎてしまうべきではないと思った。

琵琶を奏でている摩睺羅王《まごらおう》は目が五つあった。

密遮金剛《みっしゃこんごう》は「仁王」として知られている守護神だという。

最後の雷神を見つめ、聖司は修学旅行とおぼしき中学生の群れにさからって、中央の観音坐像のところに戻った。

四天王の像に再び見入り、毘楼博叉《びるばくしゃ》の説明を読んだ。サンスクリット語のヴィルーパクシャは「通常でない数の目を有する」という意味で、広目天《こうもくてん》と訳される四天王の一尊だと書かれてある。

通常でない数の目を有する守護神が自分の前にいてくれるだけで、怖いものなどありはしないなと聖司は思った。

こうした仏像というものが、何物かを象徴する比喩《ひゆ》であることは聖司にも理解できたが、その比喩は、現実にこの世に存在するものでなければ何の意味もないのだということもわかる気がした。

自然や人間が内に秘める力や徳の結晶が集結して守ろうとしているものは、この三十三間堂においては観音菩薩だが、この比喩は、もっともっと大きいのではないのか。

聖司はそんな気がして、千手観音には目もくれず、再び三十体の木造彫刻を凝視していった。風神や雷神や、四天王や、さまざまな力を持つ架空の守護神が身を挺《てい》して真に守ろうとしているものは何なのか……。

聖司は七回、千体観音堂を行きつ戻りつした。

ひどく疲れた気がして腕時計を見ると、三時を廻《まわ》っていた。

自分はそんなに長く三十三間堂の千体観音堂のなかにいたのかと驚き、聖司は午後の春の陽光が眩《まぶ》しい場所へと出て、境内から塀に沿って路地のほうに歩いた。

大門重夫が家の前で自転車の修理をしていた。

「チェーンが外れてなァ」

大門は聖司に気づくとそう言って、留守をしていて申し訳なかったと笑みを浮かべた。

「発酵食品の本、めどはついたか？」

「まだ取材を二軒しかしてないんです。琵琶湖の鮒鮓《ふなずし》は、似五郎鮒《にごろぶな》のメスが腹に卵をいっぱいにする時期まで待ったほうがええようですから、先に鹿児島の枕崎《まくらざき》に行くことにしました」

「枕崎は何の取材や？」

「鰹節《かつおぶし》です」

聖司は午後になってやっと日が当たるのであろう三十三間堂横の路地に立ったまま言った。

すると、朝の十時ごろにご飯を炊き、それを白菜と牛蒡《ごぼう》と蕪《かぶ》の糠漬《ぬかづけ》をおかずに食べたきりであるのに気づき、空腹を感じた。

「へえ、鰹節も発酵食品か？」

と大門は訊《き》いた。

「ええ、黴《かび》を使うんです。黴を使わん鰹節もありますけど、天日干しを繰り返してるうちにやっぱり何かの微生物が働いてます。スーパーで売ってる鰹節で〈花かつお〉は黴を使ってないんです。黴を使って作ったのは〈本枯《ほんが》れ節〉っていう表示がしてあります」

聖司の説明を聞きながら、大門は自転車の外れたチェーンをはめて立ちあがり、路地の西のほうを指差した。

「コーヒーでも飲めへんか？　ここから七、八分のとこに、うまいコーヒーの店があるねん」

「そこ、何か食べるもんはありますか？　朝、食ったきり、なんにも食べてないんです」

「ホットドッグがあったような気がするなァ」

「あっ、ホットドッグ、食べたいなァ」

聖司は大門と並んで、三十三間堂のからし色の塀に沿って歩き、大通りへと出た。

『にぎやかな天地(下)』より　抜粋

解説

『にぎやかな天地』は、美術出版社を退職した編集者の船木聖司が、謎の老人・松葉伊志郎から、日本の優れた発酵食品を後世に伝える豪華限定本の製作を依頼されることからはじまります。

数々の発酵食品を追って各地での取材を進めるうちに、聖司は、微生物の営みから生まれる発酵食品の世界に、深く魅せられていきます。

「三十三間堂」を訪れた聖司は、千一体の千手観音像をめぐったあと、「自然や人間が内に秘める力や徳の結晶が集結して守ろうとしているもの」は何かを考えさせられ、再び三十体の木造彫刻を凝視したのでした。

聖司が訪れた三十三間堂は、京都市東山区にある蓮華王院の本堂です。南北に百二十メートルある御堂の柱の間の数が三十三あることから、三十三間堂と呼ばれています。一一六四年、後白河院の勅願を受け、平清盛が建立しました。一二四九年の大火によって仏像のほとんどを焼失しましたが、一二六六年に後嵯峨上皇によって現在の姿に復元され、今は国宝建造物に指定されています。

本尊である千一体の千手観音は、一千の眼で世の中をながめ一千の手を動かして一切の衆生《しゅじょう》を救ってくれる、観音の慈悲の力の広大さを表しています。

観音の力が見えないように、発酵食品を作り出す微生物の働きも、眼には見えません。しかし微生物たちが有機物を分解し変質させることで、京名物の漬け物や味噌や日本酒といった新しい命が生まれ、これら発酵食品は現在まで長く作られてきました。微生物の働きとは、次の命を蘇生させていく広大な力と繋がっているのです。

『にぎやかな天地』は、近代社会が効率を優先させ粗製濫造《そせいらんぞう》してきたものに静かに異議申し立てをしつつ、精魂こめて物作りを持続してきた職人たちの物語を描いています。

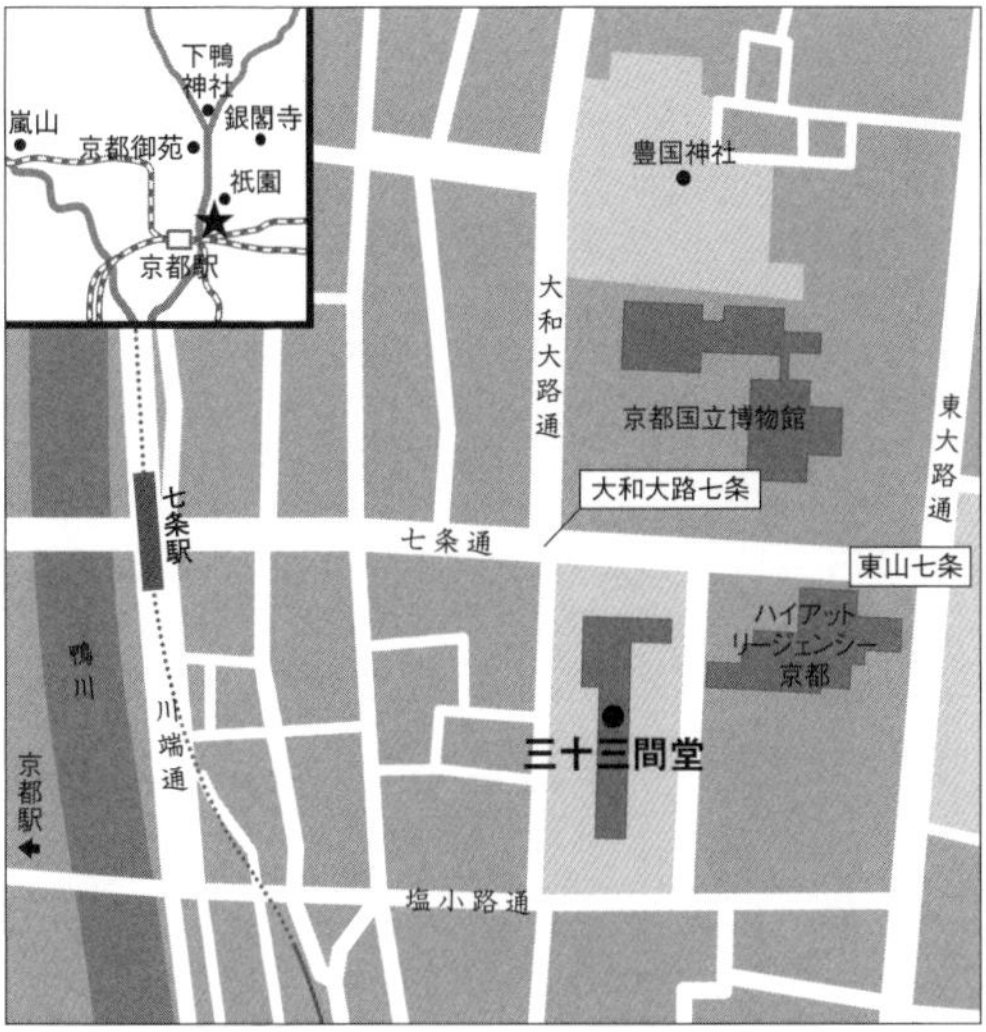

宮本輝

(みやもと　てる) 1947～

兵庫県神戸市生まれの小説家。追手門学院大学卒業後、コピーライターとしてサンケイ広告社に入社するが、1975年に退社し本格的に小説を書き始める。1977年『泥の河』で第13回太宰治賞を受賞。翌年『螢川』で第78回芥川賞を受賞。1981年には、『泥の河』が映画化され、モスクワ国際映画祭で銀賞を受賞した。

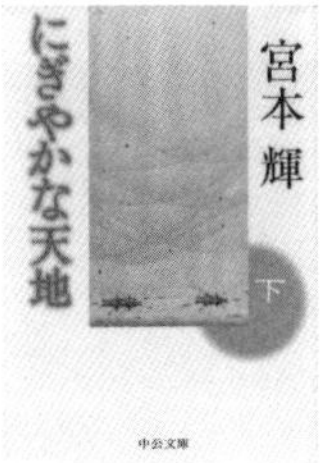

『にぎやかな天地(下)』
中央公論新社／2008年

夢の浮橋

谷崎潤一郎

五位庵の場所は、糺《ただす》の森を西から東へ横切ったところにある。下鴨神社の社殿を左に見て、森の中の小径《こみち》を少し行くと、小川にかけた幅の狭い石の橋があって、それを渡れば五位庵の門の前に出る。新古今集《しんこきんしゅう》所載鴨長明《かものちょうめい》の歌に、

石川やせみの小川の清ければ
　月も流れをたづねてぞ澄む

とあるのは、この石橋の下を流れる小川のことだと土地の人は云っているけれども、この説にはいささか疑問がある。吉田東伍氏の地名辞書は、「今下鴨村の東を流れ糺社《ただすしゃ》の南に至り賀茂川へ入る細流を指す」と一応記し、「然《しか》れども古風土記に云々瀬見小川云々とあるは賀茂川の事のみ、今の細流は水源松ケ崎村より出づ、本支の差あり」と云っている。

又鴨長明自らも「これ（せみの小川）は鴨川の実名なり」と加茂の歌合に云っているから、それが正しいようである。後段に見える石川丈山の「瀬見の小河」の詞書にも、「賀茂河をかぎりにて都のかたへいづまじきとて」と、はっきり云っている。尤《もっと》もこの川は、今でこそあまり澄んでいないが、私の幼少の頃までは長明の歌で想像されるような清冽な流れであった。そして七月中旬頃の御手洗会《みたらしえ》の禊《みそぎ》には、人々があの浅い流れに漬かっていたのを記憶している。

（中略）


「紀さん、そんなとこへ行《い》てお池へはまったらいきまへんえ」

と、母が頻りに制するのも聴かず、私は庭に飛び出して、築山の熊笹の間を分けて流れのふちへ寄ろうとする。

「これこれ、危い危い、そんなとこへ一人で行くのやあらしまへん」

と、母だの乳母だのがびっくりして追いかけて来、後からしっかりと兵児帯《へこおび》を押える。私は押えられながら身を伸ばして流れを覗き込む。見ているうちに、添水《そうず》の水は一杯に溢れ、パタンと云って池に落ち、空の青竹が撥ね返って来る。又一二分たつと一杯になり、パタンと云って撥ね返る。このパタンパタンと云う音が多分私のこの家についての最も古い記憶であろう。私は明け暮れこのパタンパタンを耳にしつつ大きくなった。

乳母は片時も眼が離せないので、常に注意を怠らぬようにしていたが、

「これお兼どん、ぼんやりしてたらあかへんやないか」

と、母に叱られる折もあった。池の中程に土橋があって、それを向う岸へ渡ろうとする時も、必ず乳母に押えられたが、母が自分で飛び下りて来ることもあった。池の水は浅いのだけれども、一箇所人間の背よりも深く掘り下げたところがあって、水が涸れた時に鯉《こい》だの鮒《ふな》だのが逃げ込めるように出来ていた。その穴がちょうど土橋の近くにあるので、

「あこへはまったらえらいことえ、大人かて出て来られへんえ」

と、母はよくそう云い云いした。

橋を渡ると四阿《あずまや》があり、四阿の西に茶席があった。

「ばあ、あんたは附いて来たらいかん、そこに待っとい」

と、私は乳母を待たせておいて、一人で茶席に這入るのを楽しみにした。屋根が低く、部屋が狭く、まるで子供のために造られた玩具《おもちゃ》の建物のような気がするのが嬉しくて、私はそこに臥《ね》そべってみたり、瓦燈《がとう》口や躪《にじ》り口を出たり這入ったりしてみたり、水屋の水を捻《ひね》ってみ

たり、そこらに置いてある木箱の真田紐《さなだひも》を解いて中の器物を取り出してみたり、大きな露地傘を被ってみたりしていつ迄でも遊んでいた。

「ぼんさん、あきまへん、お母さんがお怒りやっせ」

と、外に立っている乳母は気を揉んで、

「ほれほれ、ここは大《おっ》きい大きい百足《むかで》が出て参じます、百足に食べられたら恐いことどっせ」

などと云った。ほんとうに私も大きい百足が這っているのを一二度見つけたが、噛まれたことは一度もなかった。

私は百足よりも、池のほとりや築山のところどころに据えてある、五つ六つの石の羅漢《らかん》の方が恐かった。それは中門の外の朝鮮の石像よりもずっと小さく、三四尺の高さのものであったが、顔がいかにも日本人臭く、へんにむくつけく造られていた。或る者は鼻をひん曲げて横眼で睨んでいるように見え、或る者は意地の悪い笑いを洩らしているように見えた。だから私は日が暮れると、決してそれらの羅漢の方へは行かなかった。

母はときどき奥座敷の勾欄《こうらん》のもとへ私を呼んで、池の魚に麩《ふ》を投げてやった。

「鯉来い来い、鮒来い来い」

と云って母が麩を投げると、あの深い窪みの隠処《かくれが》の中から鯉や鮒が何匹も出て来た。私は母に寄り添って縁側に坐り、欄干にもたれて一緒に投げてやることもあり、母のやや肥り気味な、暖かで厚みのある腿の肉の感触を味わいながら、母に抱かれて彼女の膝に腰掛けていることもあった。

夏の夕暮には床《ゆか》を池に差出して父と母と三人で夕餉《ゆうげ》をしたためたり、涼を納れたりした。時には檜垣《ひがき》の茶屋から料理を持って来たり、どこからか仕出し屋の職人が材料を運んで来て、あのだだっ広い台所で包丁を使ったりすることもあった。父は添水から流れ落ちる水の下まで歩いて行ってビールを冷やした。母も床から足を垂らして、池の水に浸していたが、水の中で見る母の足は外で見るよりも美しかった。母は小柄な人だったので、小さくて丸っこい、真っ白な摘入《つみいれ》のような足をしていたが、それをじいっと水に浸けたまま動かさず、体中に浸み渡る冷たさを味わっている風であった。後年私は大人になってから、

洗《ヘバ》レ硯《ヲ》　魚　呑《ム》レ墨《ヲ》

と云う句を何かで見かけたが、この池の鯉や鮒どもは麩にばかり寄って来ないで、この美しい足の周囲で戯れたらいいのにと、子供心にもそんなことを思った。

そう云えばこんなこともあった。或る時私が吸物椀に浮いている蓴菜《じゅんさい》を見て、

「このぬるぬるしたもんなんえ」

と云うと、

「ねぬなわ」

と、母が云った。

「へえ、ねぬなわ?」

と聞き返すと、

「そら深泥池《みぞろがいけ》で採れるねぬなわちゅうもん」

と、母が教えた。

「ねぬなわてなこと云うたかて今の人は分りやせん、そら蓴菜ちゅうもんや」

と、父は笑ったが、

「そうかて、ねぬなわちゅうたらいかにもぬるぬるしたもんらしい気イがしますやおへんか。昔の歌にはなあ、みんなねぬなわて云うたありますえ」

そう云って母はねぬなわの古歌を口ずさんだ。そしてそれからは、私のうちでは女中達や出

入りの料理人達まで蓴菜のことをねぬなわと云うようになった。

夜九時になると、

「紀さん、もうおやすみ」

と云われて、私は乳母に連れられて行く。父と母とは何時頃まで起きているのか分らなかったが、夫婦は奥座敷の勾欄の間に寝、私は廊下を一つ隔てた、奥座敷の北側に当る六畳の茶の間で乳母と寝た。私が駄々を捏《こ》ねて、

「お母ちゃんと寝さしてえな」

と甘ったれて、なかなか寝つかないでいることがあると、母が茶の間を覗きに来て、

「まあ、ややさんやこと」

と云いながら私を抱き上げて、自分の閨《ねや》へ連れて行く。十二畳の間には夫婦の寝床が既に延べられているけれども、父は合歓亭《ごうかんてい》へでも行っているらしく、まだ床に就いていない。母も寝間着姿ではなく、不断着のまま帯も解かずに横になって、頤《あご》の下へ私の顔をもぐり込ませるようにして臥る。部屋には明りがついているけれども、私は母の襟の間に顔を埋《うず》めているので、あたりが暗くぼんやりと見えるだけである。髷《まげ》に結っている母の髪の匂いがほんのり

と鼻を打つ。私は口で母の乳首の在り処を探り、それを含んで舌の間で弄《もてあそ》ぶ。母は黙っていつ迄でもしゃぶらせている。その頃は離乳期と云うことを喧《やかま》しく云わなかったからか、私は可なり大きくなるまで乳を吸っていたように思う。一生懸命舌の先でいじくりながら舐《ねぶ》っていると、うまい工合に乳が出て来る。髪の匂いと乳の匂いの入り混ったものが、私の顔の周囲、母の懐ろの中にただよう。懐ろの中は真っ暗だけれども、それでも乳房のあたりがぼんやりとほのじろく見える。

「ねんねんよ、ねんねんよ」

と、母は私の頭を撫で、背中をさすりながら、いつも聞かせる子守唄を歌い出す。

　ねん〳〵よ
　ねん〳〵よ
　よい子じゃ泣くなよねん〳〵よ
　撫でるも母ぞ
　抱くも母ぞ
　よい子じゃ泣くなよねん〳〵よ

母は私が安らかに眠りつくまで、二度も三度も繰り返して歌う。私は乳房を握ったり、乳首を舐めずったりしながら、次第に夢の世界に落ちる。パタンパタンと云う添水の水音が、雨戸を隔てた遠くの方からおりおり夢の中に這入る。乳母にも得意の子守唄が幾種かあって、

寝たか寝なんだか枕に問えば
枕正直もんで寝たとゆた

とか、

ゆうべ夢見たお寺の縁で
猫が頭巾《ずきん》着て鐘叩く

とか、いろいろ歌ってくれるけれども、乳母の歌では私はなかなか寝つかない。それに六畳の茶の間ではあの添水の音も聞えて来ない。母の声には子供を空想の世界に誘う独特なリズムがあって、私は容易に眠らされる。

『夢の浮橋』より　抜粋

解説

『夢の浮橋』は、京都下鴨の邸宅「五位庵」での生活を描いた小説です。主人公「糺《ただす》」の独白によって進行していく物語は、糺の父と継母への思慕という不可思議な近親関係を中心に、背徳の香りを漂わせながら展開していきます。

作者の谷崎潤一郎は、第二次世界大戦が終戦を迎えた翌年の三月一六日、単身で京都に向かいました。喜志元という旅館に身を寄せてから、たびたび転居を繰り返し、一九四九年四月から一九五六年の暮れまで、下鴨泉川町の「潺湲亭《せんかんてい》」で暮らすことになりました。『夢の浮橋』の舞台となる「五位庵」は、この潺湲亭がモデルです。

「五位庵」は、母屋が木造瓦葺きの平屋で、書院造りの主室と数寄屋造りの控えの間、離れと茶室もあります。庭は回遊式の日本庭園で、池には滝の水も流れています。作品の中で谷崎は、度々「五位庵」と庭の美を筆を尽くして描写しています。

主人公の糺という名前の由来であろう「糺の森」とは、賀茂川と高野川が合流する三角地帯にある森のことで、京都市左京区の賀茂御祖神社、通称「下鴨神社」の境内に広がる鎮守の森のことです。

この「下鴨神社」の歴史は古く、京都に平安京が造営される遙か以前から神聖な場所とされてきました。紀元前九十年頃の崇神天皇七年に、神社の瑞垣の修造が行われたという記録も残っています。

下鴨神社は、市内北部にある賀茂別雷《かもわけいかづち》神社、通称「上賀茂神社」と共に賀茂神社と総称されていて、京都三大祭りの一つ葵祭（賀茂祭）は両社によって催されています。

古より「万葉集」や「源氏物語」など数々の物語や

詩歌管弦にうたわれてきた「糺の森」は、一九八三年に国の史跡に指定され、一九九四年には世界遺産条約に基づいてユネスコの『世界文化遺産』に登録されました。

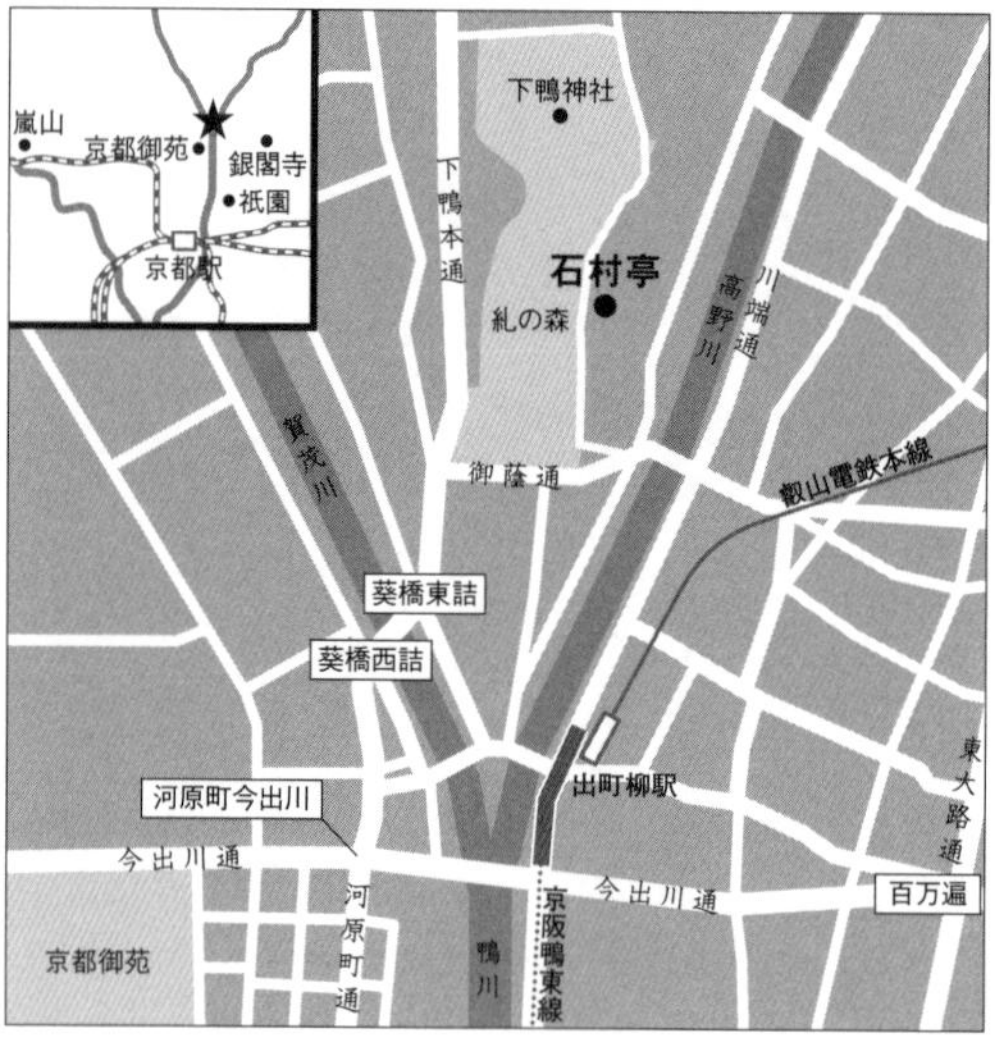

谷崎潤一郎

（たにざき　じゅんいちろう）1886～1965

現在の東京都中央区日本橋生まれの小説家。裕福な商家に生まれたが、中学時代に父親が事業に失敗。苦学が続き、東京帝国大学（現在の東京大学）は授業料未納で退学となる。しかし、永井荷風が『刺青』などを絶賛。文壇での地位を確保した。さまざまな文体による名作を生み出し、「大谷崎」と呼ばれている。

『夢の浮橋』
中央公論新社／2007年

食

鳥居本の祇園料理

渡辺たをり

都をどりの行われる祇園甲部歌舞練場は、いわゆる「祇園」という地域の最も華やかなところでもあります。周囲には料亭、お茶屋、置屋のほか、元《もと》芸妓さんの経営するバーや飲み屋、さらに祇園の住人を相手にする甘味屋さんやうどん屋さん、髪結《かみゆ》いさんなどが軒をつらねています。家並みも古くからの建物が残っていて一種独特の雰囲気を作り出しています。祖父が『老後の春』に書いている「吉初《よしはつ》」もそうしたお茶屋のひとつです。私自身はさすがに祖父のお茶屋遊びに付き合ったことはありませんが、祖父が書いているように「吉初」に家族で転がり込むくらいですから、なじみの家や、なじみの芸妓さんたちがあったようです。「井上流の舞の名手で大酒飲みの」という春勇さんのことは随筆にも何度か書いていますし、「吉初」のおかみさんのことは、私もかすかに記憶があります。

たくさんあるお茶屋の中で、最も有名で、すぐにわかるのは、歌舞練場のほうから四条通りに出る右角、赤い壁の「一力」です。四十七士の大石蔵之助がいつづけをした、あの「一力茶屋」です。昔の「一力」と場所は違いますが、いまでも一流中の一流で、三月二十日には「大石忌」として、蔵之助をしのぶ催しが開かれ、四十七士の冥福を祈ることになっています。お接待に駆り出されるのは、やはり祇園のきれいどころです。この日舞われる、大石蔵之助を題材にした舞「深き心」もやはり井上流です。「大石忌」は見たいけれど、それを見るためにはお師匠さんと顔を合わさなければなりません。井上流の不肖の弟子であったことは、祇園の中で何かする限り、どこまでも、いつまでもつきまとう、というわけです。

祇園の料亭「鳥居本《とりいもと》」のおかみは、

「うちは出前はどこにもせえへんのどすけど、先生《せんせ》が『一力』にいるからどうしても頼む言わはりまして――」

と「出前はしない」という鉄則をまげて、祖父のために「一力」まで出前をしたことがある、と教えてくれました。食べたいとなったら、どうしても食べたい、と言う祖父らしいエピソードだと思います。

その「鳥居本」は「一力」から一筋、歌舞練場よりを東に入ったところにあります。ここの料理は独特で「祇園料理」と名が付いています。長崎から伝わった卓袱《しっぽく》料理に京料理や普茶《ふちゃ》料理がまざったものということです。引き出しの付いた黒い塗りのお膳が銘々に運ばれて、この引き出しの中に黒塗りのお皿や小鉢が入っています。この食器に、次々に出てくるお料理をとり分けて食べるという趣向です。

祖父はこのおままごとみたいな趣向と、いろんなおいしい物を少しずつ食べられる点で、この店が気に入っていたようです。もっとも私自身は、この店に祖父と一緒に行った覚えはありません。

『花は桜、魚は鯛 祖父谷崎潤一郎の思い出』より

解説

祖父にあたる谷崎潤一郎に、「たをりは食べる名人だね」といわれた渡辺たをりのエッセイ『花は桜、魚は鯛』は、幼いころから味わい深い体験を重ねてきた谷崎家の食と暮らしにまつわる光景が描かれています。

谷崎は、祇園の料亭「鳥居本」の祇園料理が気に入っていたといいます。「長崎から伝わった卓袱料理に京料理や普茶料理がまざった」京都でも独特の料理が、鳥居本の祇園料理です。

卓袱料理とは、長崎に伝わった中国料理が長崎の地で大皿に盛られる形へと変化した料理で、普茶料理も江戸時代のはじめに中国から伝わった精進料理です。鳥居本では、卓袱料理に普茶料理と京料理をまぜて改良し、その料理を一つの大皿に盛り、何人かで取り分けて食べられるように仕立てました。

料亭の鳥居本は、享保年間に佐野屋嘉兵衛によって創業されました。「鳥居本」という名前は、創業当初に八坂神社の鳥居近くに店を構えたことに由来しています。

谷崎は、食の趣向については、いつも京都に多くを求めていました。京都で生活する前、まだ熱海で暮らしていたころのエッセイ『京都を想ふ』には次のように書いています。

「食べる物も出来得る限り京都から運んで貰っている。肉は神戸や松阪牛ならぬ近江牛、これも京都から大きなかたまりで送ってくる。夏でも特急で持ってきて、熱海駅で落として貰う。鶏肉は今出川の鳥岩のを、腸だけ抜いて丸ごと送らせる。魚は、鯛、ぐじ、鱧、鰆、鮎、等々を、四条のたん熊、銀閣寺の山月から、生菓子は堺町の松屋のがらん餅、深山路、鱧ずしは祇園のいづう、錦の井傳、と、大体決まっている」

谷崎は「食べたいとなったら、どうしても食べたい、と言う祖父」だったそうです。

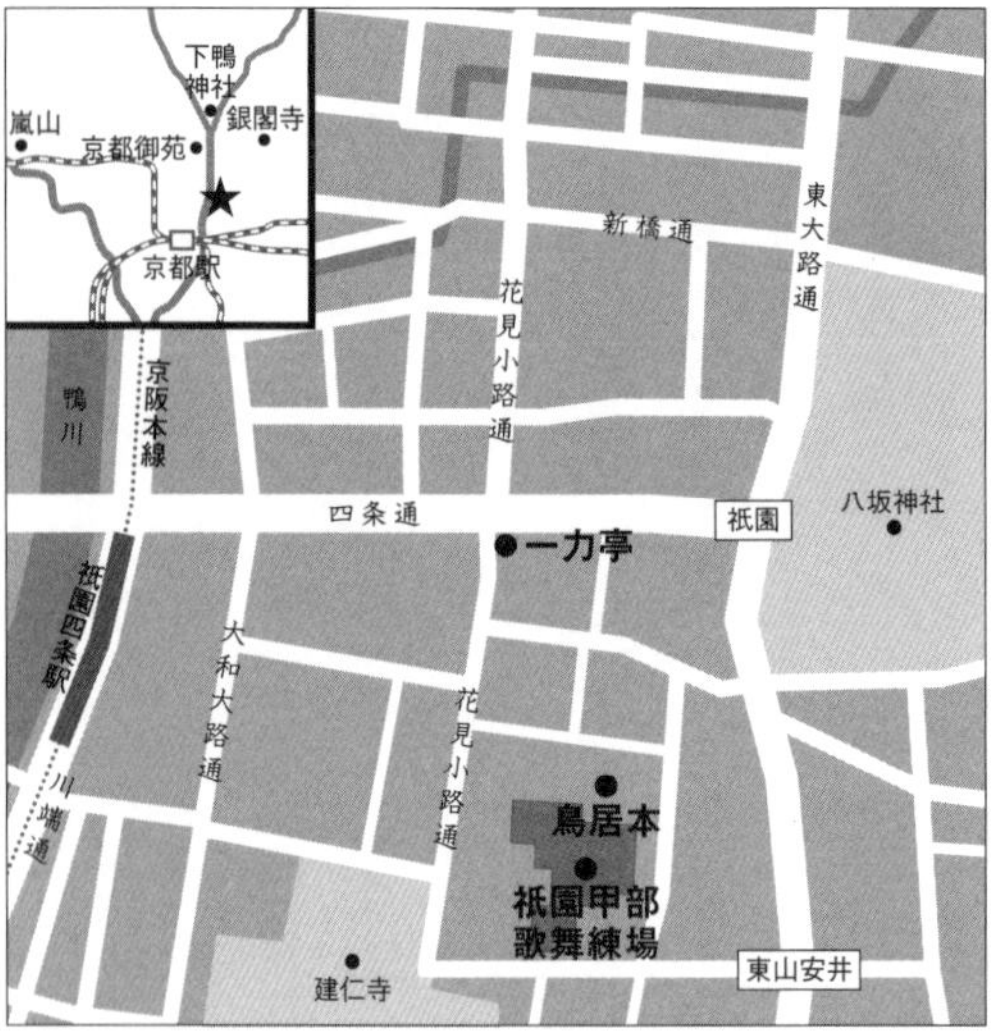

渡辺たをり

(わたなべ　たをり) 1953～

京都府生まれの随筆家。祖父は小説家の谷崎潤一郎。日本大学芸術学部放送学科卒業。日本大学芸術学部大学院芸術学研究科修士課程修了。1980年に修士論文を基にした『祖父 谷崎潤一郎』を刊行。1985年にはノラブックスから『花は桜、魚は鯛 谷崎潤一郎の食と美』を刊行した。

『花は桜、魚は鯛　祖父 谷崎潤一郎の思い出』
中央公論新社／2000年

鮎の試食時代

北大路魯山人

鮎がうまいという話は、味覚にあこがれを持ちながら、自由に食うことの出来ない貧乏書生などにとっては、絶えざる憧憬の的である。私も青年の頃、御多分に洩れず、鮎を心ゆくまで食いたいと夢にまでみた時代があった。

この夢を実現したのは二十四、五歳のころであったろうか。もちろんそれまでに鮎を全く口にしなかったわけではない。だが、鮎通の喜ぶ上等の鮎によって、鮎の美味をテストするという意気込みで食ったのは、その時が初めてであった。私は日光の大谷川《だいやがわ》の鮎をねらっていた。恐らく大谷川の鮎がうまいということをいつとはなしに聞いていたのだろう。わざわざ日光までなけなしの金を懐にして出掛けて行ったのである。

その時の価がなんでも一尾五、六十銭ぐらいであったと記憶している。それを二尾ばかり食ってみた。鮎は新鮮だし、色艶もよく、容姿も優れていて確かに一等級のものであったらしい。が、この時の偽らざる感じを言えば、うまいうまいと人は言うが、なんだってこんなものが本当にそんなに美味なのかしら、というのが本音で、当時青年の私の味覚にはどうしてもしっくり得心がいかなかった。そうしてこの時以来、鮎の味はいよいよ真剣な宿題として残されたのである。

その後しばらくしてうまいと思って食ったのは、京都の保津川《ほづがわ》のほとりにおいてであった。洛西嵐山《らくせいあらしやま》の渡月橋《とげつきょう》を渡って、山の裾を七、八丁登ると、そこに嵐山温泉というのがある。ここで食った鮎こそはなるほどと得心がいった。全くうまいと思って食った。いつのころかはっきり憶えぬが、なんでも好況時代の絶頂に達したころででもあったろうか。ここの鮎は一尾五円を通常の値段としていたそうだ。

織物で京都屈指の名家たる今出川《いまでがわ》堀川の北川の主人某が、かつて私に向かい、「京都で鮎を食えば、先ず通常は二円で立派なものが食えますね。ところが、嵐山へ行って食うと一尾五円は出さなあきまへん。京都広しと言えども、五円の鮎を嵐山まで食いに出かけるものは、京都人にもまずおまへんやろ」と、いうのである。

そうした御自慢を聞かされた私も、当時まだそういうふうに自由に食欲を満たすだけの財力を持たなかったから、うまいには相違ないと羨望しながらも、得心のゆくまで食う訳にはゆかなかった。ただ徒らに憧れるだけだった。

ところが、三十歳ぐらいのころ、京都に帰省した時、ようやく宿願を達成することができた。鮎を食うくらいはなんとか都合がついたからであり、かつまた、内貴清兵衛《ないきせいべえ》という先輩の御馳走も度々あって、何十回となく各所を食い歩くことができたおかげであった。時には一日に二度も三度も吟味してみた。

京都では、宇治の菊屋とか、山端《やまばな》の平八とか、嵯峨の三軒茶屋など、鮎を生かしておいて食わせる店が諸所にあった。そうしたところを片っ端から食い歩いて、どうやら鮎の味が心底から舌に乗ってきた。

『魯山人の料理王国〈新装復刻〉』より

解説

美食家として数々の伝説を持つ魯山人が、「ここで食った鮎こそはなるほどと得心がいった。全くうまいと思って食った」場所とは、嵐山の渡月橋を渡り、山の裾を七〜八丁登った先にある、嵐山温泉でした。

嵐山温泉のある「嵐山」は、京都市の右京区と西京区にまたがり、渡月橋の西にそびえる標高三百八十一・五メートルの山で国の史跡名勝です。古くから歌枕として詠まれ、平安時代には貴族の別荘地として栄え、その後も京の風雅を伝える観光地として人気を集めてきました。春は桜、秋は紅葉の名所としても有名です。また嵐山の中心を流れる川に掛かる渡月橋は、嵐山観光の象徴になっています。

この渡月橋を挟んだ下流は桂川ですが、橋の上流をたどると保津川へと繋がっています。その保津川上流の世木地区で捕獲される鮎は日本一と称され、かつては皇室へ献上されていたといいます。魯山人が「うまいと思って食った」鮎も、同じように保津川で捕られたにちがいありません。

鮎は、キュウリウオ目の淡水魚で、香りがいいことから「香魚」といわれたり、一年で一生を終えることから「年魚」といわれたりします。晩秋に河口付近で生まれ、海に下って冬を越し、翌春に稚アユとなって川を上ります。若アユになると昆虫などを食べて成長し、夏を迎えると川藻を食べるようになり、そのころから川藻の香りが鮎に染み渡り独特の香りを持つようになります。川を下ることを古語で「あゆる」といったことから「アユ」という名前になったともいわれています。また、戦況や豊作・凶作の占いに使われたことから、魚偏《へん》に占うで「鮎」と書かれるようになりました。

嵐山では、保津川の鮎の解禁にちなんで、毎年「嵐山若鮎祭」が催されています。新緑の下、嵐山公園で若鮎炭焼きの試食会が盛大に開催されます。

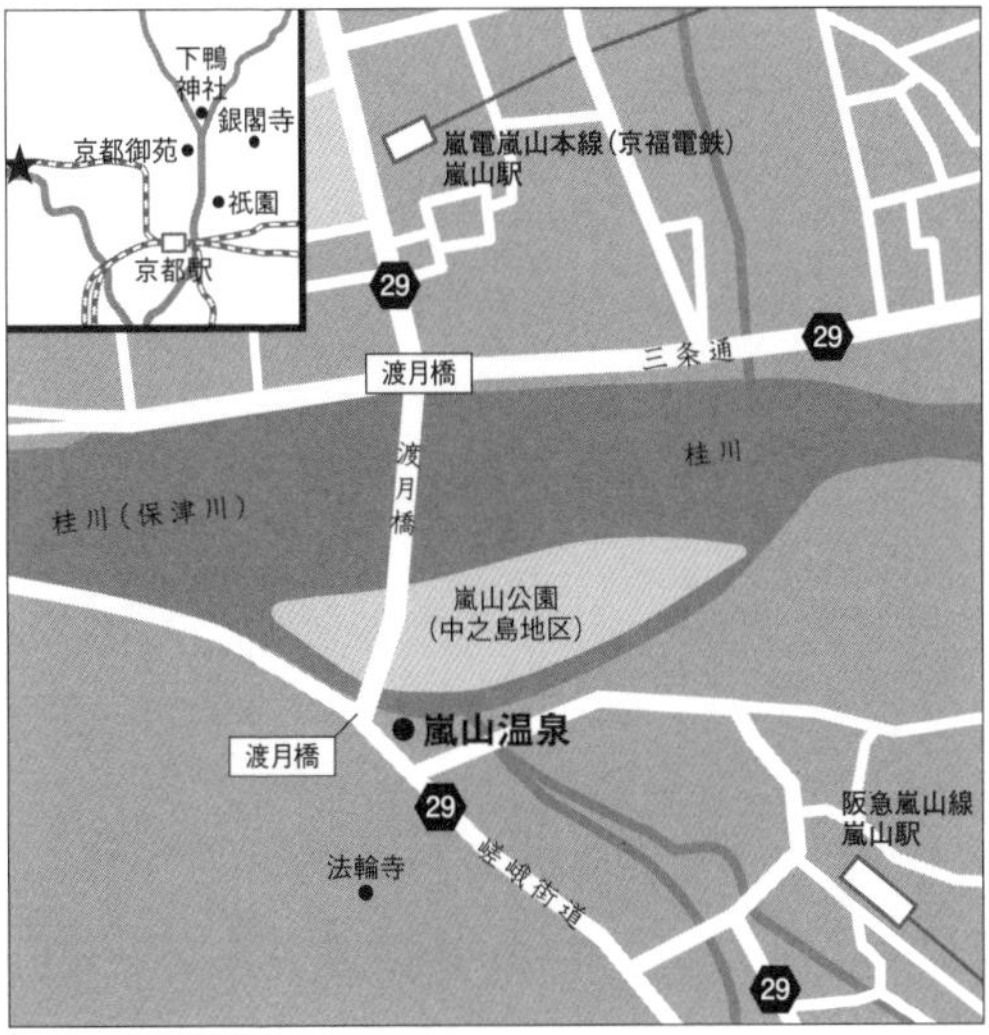

北大路魯山人

(きたおおじ　ろさんじん) 1883～1959

現在の京都府京都市生まれの芸術家。はじめは書家・篆刻家《てんこくか》として名をなす。その後陶芸を始め、古美術商を営む。1925年には会員制の高級料亭「星岡茶寮《ほしがおかさりょう》」の顧問兼料理長となり、美食家の名をほしいままにした。その後北鎌倉の窯場で作陶に没頭する傍ら、漆芸、金工、日本画にも積極的に取り組んだ。

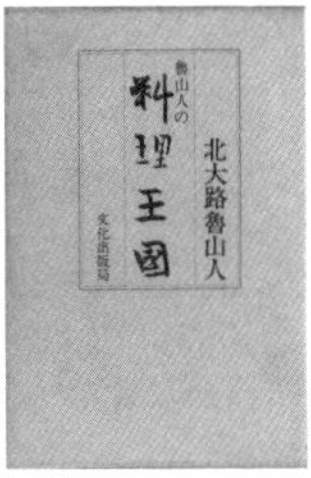

『魯山人の料理王国〈新装復刻〉』
文化出版局／1980年

食魔

岡本かの子

京都の由緒ある大きな寺のひとり子に生れ幼くして父を失った。母親は内縁の若い後妻で入籍して無かったし、寺には寺で法縁上の紛擾《ふんじょう》があり、寺の後董《ごとう》★1は思いがけない他所《よそ》の方から来てしまった。親子のものはほとんど裸同様で寺を追出される形となった。これみな恬澹《てんたん》な名僧といわれた父親の世務をうるさがる性癖から来た結果だが、母親はどういうものか父を恨まなかった。「なにしろこどものような方だったから罪はない」そしてたった一つの遺言ともいうべき彼が誕生したときいったという父の言葉を伝えた。「この子がもし物ごころがつく時分わしも老齢《とし》じゃから死んどるかも知れん。それで苦労して、なんでこんな苦しい娑婆《しゃば》に頼みもせんのに生み付けたのだと親を恨むかも知れん。だがそのときはいってやりなさい。こっちとて同じことだ、何でも頼みもせんのに親に苦労をかけるようなこの苦しい娑婆に生れて出て来なすったのだお互いさまだ、と」この言葉はとても薄情にとれた、しかし薄情だけでは片付けられない妙な響が鼈四郎《べつしろう》の心に残された。

はじめは寺の弟子たちも故師の遺族に恩を返すため順番にめいめいの持寺に引取って世話をした。しかしそれは永く続かなかった。どの寺にも寄食人《かかりゅうど》を息詰らす家族というものがあった。最後に厄介になったのは父の碁敵であった拓本職人の老人の家だった。貧しいが鰥《やもめ》暮《ぐら》しなので気は楽だった。母親は老人の家の煮炊き洗濯の面倒を見てやり、彼はちょうど高等小学も卒業したので老人の元に法帖造《ほうじょう》り★2の職人として仕込まれることになった。老人は変り者だった、碁を打ちに出るときは数日も家に帰らないが、それよりも春秋の頃おい小学校の運動会が始り出すと、彼はほとんど毎日家に居なかった。京都の市中や近郊で催されるそれを漁《あさ》り尋ね見物して来るのだった。「今日の××小学校の遊戯はよく手が揃《そろ》った」とか、「今日の△△小学校の駈足《かけあし》競争で、今迄にない早い足の子がいた」とか噂《うわさ》して悦《よろこ》んでいた。

その留守の間、彼は糊臭《のりくさ》い仕事場で、法帖作りをやっているのだが、墨色に多少の変化こそあれ蟬翅搨《せんしとう》★3といったところで、烏金搨《うきんとう》★4といったところで再び生物の上には戻って来ぬ過去そのものを色にしたような非情な黒に過ぎない。その黒へもって行って寒白い空閑を抜いて浮出す拓本の字劃《じかく》というものは少年の鼈四郎にとってまたあまりに寂しいものであった。

「雨降りあとじゃ、川へいて、雑魚《ざこ》なと、取って来なはれ、あんじょ、おいしゅう煮て、食べまひょ」継ものをしていた母親がいった。鼈四郎は笊《ざる》を持って堤を越え川へ下りて行く。

その頃まだ加茂川にも小魚がいた。季節季節によって、鮴《ごり》、川鯊《かわはぜ》、鮠《はや》、雨降り揚句には鮒や鰻も浮出てとんだ獲ものもあった。こちらの河原には近所の子供の一群がすでに漁《あさ》り騒いでいる。むこうの土手では摘草の一家族が水ぎわまでも摘み下りている。鞍馬《くらま》へ岐《わか》れ路の堤の辺には日傘をさした人影も増えている。境遇に負けて人臆《ひとおく》れのする少年であった鼈四郎は、これ等の人気《ひとけ》を避けて、土手の屈曲の影になる川の枝流れに、芽出し柳の参差《しんし》★5を盾に、姿を隠すようにして漁った。すみれ草が甘く匂《にお》う。糺《ただす》の森《もり》がぼーっと霞んで見えなくなる。おや自分は泣いてるなと思って眼瞼《まぶた》を閉じてみると、雫《しずく》の玉がブリキ屑《くず》に落ちたかしてぽとんという音がした。器用な彼はそれでも少しの間に一握りほどの雑魚を漁り得る。持って帰ると母親はそれを巧に煮て、春先の夕暮のうす明りで他人の家の留守を預りながら母子二人だけの夕餉《ゆうげ》をしたためるのであった。

（中略）

加茂川は、やや水嵩《みずかさ》増して、ささ濁りの流勢は河原の上を八千岐《やちまた》に分れ下へ落ちて行く、蛇籠《じゃかご》に阻まれる花芥《あくた》の渚の緑の色取りは昔に変りはないけれども、魚は少くなったかして、漁《あさ》る子供の姿も見えない。堤の芽出し柳の煙れる梢《こずえ》に春なかばの空は晴れみ曇りみしている。

しばらく沈黙の座に聞澄している淙々《そうそう》とした川音は、座をそのままなつかしい国へ押し移す。鼈四郎《べつしろう》は、この川下の対岸に在って大竹原で家棟は隠れ見えないけれども、まさしくこの世に一人残っている母親のことを思い出す。女餓鬼《めがき》の官女のような母親はそこで食味に執しながら、一人息子が何でもよいたつきの業を得て帰って来るのを待っている。しばらく家へは帰らないが、拓本職人の親方の老人は相変らず、小学校の運動会を漁り歩き遊戯をする児童たちのいたいけな姿に老いの迫るを忘れようと努めているであろうか。

鼈四郎は、笑いに紛らしながら、幼時、母子二人の夕餉《ゆうげ》の菜のために、この河原で小魚を掬《すく》い帰った話をした。「いままで、ずいぶん、いろいろなうまいものも食いましたが、いま考えてみると、あのとき母が煮て呉《く》れた雑魚《ざこ》の味ほどうまいと思ったものに食い当りません」それから彼は、きょう、料理中に感じたことも含めて、「すると、味と芸術の違いは労《いたわ》りがあると、無いとの相違でしょうかしら」といった。

これに就《つ》き夫人は早速に答えず、先ず彼等が外遊中、巴里《パリ》の名料理店フォイヨで得た経験を話した。その料理店の食堂は、扉の合せ目も床の敷ものも物音立てぬよう軟い絨氈《じゅうたん》や毛織物で用意された。色も刺激を抜いてある。天井や卓上の燭光も調節してある。総ては食味に集中すべく心が配られてある。給仕人はイゴとか男性とかいういかついものは取除かれた品よく晒《さら》された老人たちで、いずれはこの道で身を滅した人間であろう、今は人が快楽することによって自分も快楽するという自他移心の術に達してるように見ゆる。食事は聖餐《せいさん》のような厳かさと、ランデブーのようなしめやかさで執り行われて行く。今やテーブルの前には、はつ夏の澄める空を映すかのような薄浅黄色のスープが置かれてある。いつの間に近寄って来たか給仕の老人は輪切りにした牛骨の載れる皿を銀盤で捧げて立っている。老人は客が食指を動し来る呼吸に坩《つぼ》を合せ、ちょっと目礼して匙《さじ》で骨の中から髄を掬い上げた。汁の真中へ大切に滑り浮す。それは乙女の娘生《きしょう》のこころを玉に凝らしたかのよう、ぶよぶよ透けるが中にいささか青春の潤《うる》みに澱《よど》んでいる。それは和食の鯛の眼肉の羹《あつもの》にでも当る料理なのであろうか。老人は恭しく一礼して数歩退いて控えた。いかに満足に客がこの天の美漿《びしょう》を啜《す》い取るか、成功を祈るかのよう敬虔《けいけん》に控えている。もちろん料理は精製されてある。サービスは満点である。以下デザートを終えるまでのコースにも、何一つ不足と思えるものもなく、いわゆる善尽し、美尽しで、感嘆の中に食事を終えたことである。

「しかしそれでいて、私どもにはあとで、嘗《な》めこくられて、扱い廻《まわ》されたという、後口に少し嫌なものが残されました。」

「面と向って、お褒めするのも気まりが悪うございますから、あんまり申しませんが、そういっちゃ何ですが、今日の御料理には、ちぐはぐのところがございますけれど、まことというものが徹していたような気がいたしました。」

　意表な批評が夫人の口から次々に出て来るものである。料理に向ってまことなぞという言葉を使ったのを鼈四郎は嘗《かつ》て聞いたことはない。そして、まこと、まごころ、こういうものは彼が生れや、生い立ちによる拗《す》ねた心からその呼名さえ耳にすることに反感を持って来た。自分がもしそれを持ったなら、まるで、変り羽毛の雛鳥《ひなどり》のように、それを持たない世間から寄って蝟《たか》って突き苛《いじ》められてしまうではないか。弱きものよ汝《なんじ》の名こそ、まこと。自分にそういうものを無《な》みし、強くあらんがための芸術、偽りに堪えて慰まんための芸術ではないか。歌人の芸術家だけに旧臭《ふるくさ》く否味《いやみ》なことをいう。道徳かぶれの女学生でもいいそうな芸術批評。歯牙《しが》に懸けるには足りない。

鼈四郎はこう思って来ると夫妻の権威は眼中に無くなって、肩肘《かたひじ》がむくむくと平常通り聳《そびえ》立《た》って来るのを覚えた。「ははは、まこと料理ですかな」

車が迎えに来て、夫妻は暇《いとま》を告げた。鼈四郎はこれからどちらへと訊《き》くと、夫妻は壬生寺《みぶでら》へお詣《まい》りして、壬生狂言の見物にと答えた。鼈四郎は揶揄《やゆ》して「善男善女の慰安には持って来いですね」というと、ちょっと眉《まゆ》を顰《ひそ》めた夫人は「あれをあなたは、そうおとりになりますの、私たちは、あの狂言のでんがんでんがんという単調な鳴物を地獄の音楽でも聞きに行くように思って参りますのよ」というと、良人《おっと》の画家も、実は鼈四郎の語気に気が付いていて癪《しゃく》に触ったらしく「君おれたちは、善男善女でもこれで地獄は一遍たっぷり通って来た人間たちだよ。だが極楽もあまり永く場塞《ばふさ》ぎしては済まないと思って、また地獄を見付けに歩いているところだ。そう甘くは見なさるなよ」と窘《たしな》めた。夫人はその良人の肘をひいて「こんな美しい青年を咎《とが》め立するもんじゃありませんわ。人間の芸術品が壊れますわ」自分のいったことを興がるのか、わっわと笑って車の中へ駈《か》け込んだ。

『昭和文学全集 第5巻』より 抜粋

★註は217ページを参照

解説

岡本かの子の小説『食魔』は、北大路魯山人をモデルにして書かれた短編小説だと言われています。

一八八九年に東京の赤坂で生まれた岡本かの子と、一八八三年に京都の上賀茂で生まれた魯山人の二人は、同世代人です。しかし二人の関係は、世代を超えて濃密に繋がっていったのでした。

書家として世の中に登場した魯山人は、一九〇五年から、岡本かの子の夫となる岡本一平の父で書家の岡本可亭に弟子入りし、岡本家で二年間住み込みの修業を続けていました。

岡本かの子は、一九〇九年の夏に避暑で父と軽井沢の旅館油屋に滞在していたとき、東京美術学校生を通じて岡本一平と知り合います。その一平からの縁談話は「家事向きにしこんでいないから」との理由で断りますが、妊娠していたこともあって結婚することになり、岡本家での同居がはじまります。そのとき岡本かの子が、身ごもっていた子どもを「産むべきか、始末すべきか」魯山人に相談したといいます。魯山人は、即座に「産むべし」と答えたそうです。生まれた子どもが、芸術家の岡本太郎でした。

魯山人は、書家の可亭、その息子の一平、一平の妻かの子、そして太郎の岡本家三代と付き合い、家族の歴史を見届けてきたのでした。

その魯山人をモデルに、「食」という魔物に憑かれた人間の生い立ちと、鬼気迫る本能のドラマを描いた物語が『食魔』です。

作品中、当時の加茂川（鴨川）の様子が「季節季節によって、鮴、川鯊、鮠、雨降り揚句には鮒や鰻も浮出てとんだ獲ものもあった」と書かれています。それらの小魚について「いままで、ずいぶん、いろいろなうまいものも食いましたが、いま考えてみると、あのとき母が煮て呉れた雑魚の味ほどうまいと思ったものに食い当りません」と書かれているあたりに魯山人の食の原点があるのではないでしょうか。

岡本かの子

(おかもと　かのこ) 1889〜1939

現在の東京都港区生まれの小説家・歌人・仏教研究家。谷崎潤一郎と交流のあった文学者の兄の影響を受け、文学に興味を持つ。1910年漫画家の岡本一平と結婚するが、夫婦間の問題に悩み、仏教を深く学び始める。1929年から4年間一家で外遊し、帰国後、本格的に小説を書き始めた。息子は画家の岡本太郎。

『昭和文学全集 第5巻』
小学館／1986年

街

高瀬川

水上勉

鴨川土堤《どて》の桜の散る四月半ばから、今年は風のひどい日がつづいた。毎年、五月に入ると、兼子の家の前を流れる高瀬川の岸で、柳の新芽がふき出すのだけれども、今年は例年よりおそくて小指の先ほどのみどり葉が少しばかり見えるだけで、朝夕も底冷えするように寒い。めずらしい年といえた。兼子はいつもなら、仏間の障子を貼《は》りかえたり、冬のうちだけ敷くことにしているみせの間のつづれの敷物も、厨子《ずし》の二階の物置へあげてしまう習慣だった。けれども今年はまだ、そのままにして、奥座敷のまん中に、麻柄の絹蒲団をかけ放しにしている電気炬燵《ごたつ》も、スイッチを切ったことがない。一日じゅう、孫のみどりと蒲団に足を入れたまま、うとうとしている日が多い。

高瀬川に沿うた木屋町筋も、たまにみどりの手をひいて出てみるが、一日一日町の眺めはかわってきていた。四条までと思っていたバーや料亭の看板は、もう仏光寺あたりまで軒なみ増えてきているし、夕方になると、赤青のネオンに灯がともって、通りがざわついてくる。いまに、兼子のいる高辻のあたりまで、町の色どりは攻めよせてくるにちがいないと、姉娘の由枝が脅かすのだけれども、それでもまだ、高辻のあたりはひっそりしているのだった。川べりは一だん高くなった岸になっていて、古い柳が三間置きぐらいに植わっていた。底の浅い高瀬川の、藻のういた水面に柳は届きそうなほどの枝をたわめていた。片側は格子《こうし》の表をみせた人家である。どの家も似たような町家《まちや》で、たまには、竹の駒よせ垣をめぐらせたり、放射線状のしのびがえしのある桟瓦《さんがわら》の家なども建っているけれど、軒なみどの家も、ひっそりしていて音もしない。

兼子の家は、木屋町通りに表をもち、細長く、奥へのびていた。玄関横の砂利を敷いた庭を右にみて、中庭から、たたきの通庭《とおりにわ》を抜けると、裏にかなり大きな泉水のある庭が造ってある。庭を取りまくようにして、母屋《おもや》から廊下が通じていて、離れ二階へわたるように出来ているが、土蔵を改造して客間にしている二階の窓をあけ放つと、鴨川がひと目にみえた。鴨は高瀬川のようなひき川ではないから、川原もひろく、向う土堤まではかなり遠いのである。宮川町から、南座裏のにぎやかな対岸の町屋根が、五月は乳いろにかすんで一望にみわたせるのであるが、いってみれば、旅館業か、もしくは割烹店《かっぽうてん》でもひらくには、うってつけの位置にあったといえた。由枝が妹の露子にのせられて、この家を根拠地にして、何か商売でもしてみたいと、しきりに兼子を口説きはじめたのも、理由があったといえる。

「お母ちゃん。考えてもみんか。四条からこっちの新しいバーやおでん屋さんを覗いてみるとな、どこもみんな小っちゃいえ。三坪か四坪たらずのせまいとこで、商売してはるわ。こんな大きな家を、大戸しめて放ったらかしとくのン勿体《もったい》ないやないか」

なるほど、勿体ないかもしれない。しかし、兼子は、そんなことを高台寺の坂巻に相談など出来たものではないと思っていた。娘たちは若くて向うみずだからそんなことをいうが、家だけあっても、うちには女しかいない。娘たちが、どれだけ気負ってみても、商売はまた別だと思っていた。それに、この家は、坂巻が苦労した金で買ったものだし、兼子といっしょに住んだ家でもある。今でこそ籍も切れた他人といえるけれども、娘たちにしてみれば、うまれた家である。別れる時に、この家もろともすっぱり呉《く》れていった坂巻の見切りのよさに、兼子は、正直のところ、見直す気持にもなったのだが、その家を改築して、商売をする

となると、当然、坂巻に相談してみなければならないことだと考えていた。兼子が、それをタテに、娘たちの思案に反対すると、

「阿呆やな、お母ちゃん。いつまで、お母ちゃんは、貧乏して暮すつもりやのン。お父ちゃんかて、この家呉れはったんは、お腹《なか》んなかでは、うちらァが大きゅうなったら、なんぞ、そんなことでもするやろ思うて、ぽいと呉れてゆかはったんやないかいな。お母ちゃんの考えは古いわ。古い古い家を、このまま、くさらしてしもて……好きな芝居もみんと、旅行もせんと……じっとこのまま、死んでしまうのんかいな……お母ちゃん」

由枝とちがって、露子のいうことには針がある。顔つきも、坂巻ゆずりの眼のほそい丸顔をしている由枝とちがって、妹の方は、顎が張っていて、気性も強い。

「なァ、姉ちゃん」

露子はいうのだ。

「うちはおでん屋よりもバーがおもろい思うねん。表の半分を改造してな。洋風のスタンドにして……高級酒しかおかへんねん。かわいいバーテンさんひとり置いて、お姉ちゃんとうちがお店へ出て……品のよいお客さんを片っ端から籠絡《ろうらく》してやんのやな。そんなん、面白い

やないか、お姉ちゃん」

由枝は苦笑してきいている。どちらかというと、姉の考えには兼子も同意したくなるような地についたしっかりしたものがあった。由枝は同志社大学の美学科にいたころ、同じ大学の男の子と恋愛沙汰を起して、まだ、坂巻がこの家にいたころではあるが、女あそびのはげしい父に反抗して、家出した経験がある。一年半ばかり、山科《やましな》のアパートで、その男と同棲していた。影山という相手の学生は、大学を中退してから、働くでもなく一日ぶらぶらしていて、由枝を働かせた。影山は一日じゅう、小説本などよみふけっている男で、由枝は愛想がつきた。そのうちに子を妊《みごも》った。家出して一年目にいまのみどりを生んだのである。子がうまれると、少しはしっかりしてくれると思ったのに、影山は腑抜けの甲斐性なしで、理屈はいうが生活力はなく、肺病にかかって、岩倉の病院へ入院してしまった。そうしてぷっつり音沙汰を絶った。由枝にアパートのことは委《まか》して、離別状態になったのである。当時、兼子は坂巻と別れる別れないでいざこざがつづいていて、とても、由枝の方に手がまわらなかったのだが、坂巻が高台寺に移り住むようになると、すぐに由枝をよびよせることにした。初孫の顔がみたかったせいもあるが、馴れないバーづとめをして子を育てている由枝がふびんに思われたからで、兼子は、由枝を影山からひきとる決心をしたのもその時だ。赤ん坊のみどりは、今日で満四歳になるが、三年間、由枝は高辻のこの家から蛸薬師《たこやくし》のバーに通い、もう影山のことは忘れていた。籍は入っていなかったから、軀《からだ》さえきてしまえば、正式に別れたと見なしてもよかったわけで、この点、娘の場合は自分の場合と違っていると、兼子は思ったものだった。それから、三年たった今日、兼子も由枝も、病気一つせずすくすく育つみどりを見守りながら、岩倉の病院へいったあとの影山の消息は知らないのである。

妹の露子は、そのあいだに、短期大学の保育科を出ていた。この春、卒業したのだが、友だちがみな市内や郊外の幼稚園へ就職してゆくはなしはするけれども、自分のこととなると、どんなもくろみがあるのか、働く気ぶりはなく、就職のはなしなどひとことも口にしない。

兼子は、困った娘たちだと嘆いていた。

『高瀬川』より　抜粋

解説

京都の街を分けるように流れている鴨川。

その鴨川に掛かる二条大橋の南で、鴨川の分流「みそそぎ川」から水を取っている川が高瀬川です。高瀬川は、京都の豪商角倉了以《すみのくらりょうい》が開削した運河で、一六一一年に起工、一六一四年に完成しました。

京都は、日本の経済や文化の中心都市として、長く栄えてきました。しかし内陸部に位置していたため、物資の輸送など交通運輸の面で課題を抱えていました。これを解決しようと考えられたのが、大量輸送を目的とした舟運《しゅううん》でした。高瀬川は、二条から鴨川の西岸に沿って南へと下り、伏見まで通じています。伏見からは三十石船が大坂まで運航されていたため、京都と大坂が直に結びつくこととなり、京都の経済はいっそう発展しました。

高瀬川の全長は約十キロメートル、川幅は約七メートル、水路に沿って九ヶ所の船入が設置されました。二条から木屋町通りに沿って南へと下り、十条通の上流で鴨川に合流しています。

水上勉が、舞台として選んだ「高瀬川に沿うた木屋町筋」とは、この流域の一画です。木屋町という町名は、高瀬川で運ばれた材木など問屋の賑わいに由来しています。

『高瀬川』の中で描かれている飲み屋「六文銭」のモデルは、木屋町にある八文字屋だといわれています。水上勉は、日本で最も有名な観光都市の京都を「夕方になると、赤青のネオンに灯がともって、通りがざわついてくる」と表現し、街の裏側の世界で生きる力強くも哀しい女たちの営みを、小説として織り上げています。四人の女家族の生き様を通して、表層では華やかに見える、街の昼と夜との陰影を「底の浅い高瀬川」とともに描いたのでした。

一九二〇年に舟運は無くなりましたが、両岸に柳を植えた景観は、現在も京都らしい情緒を醸し出しています。

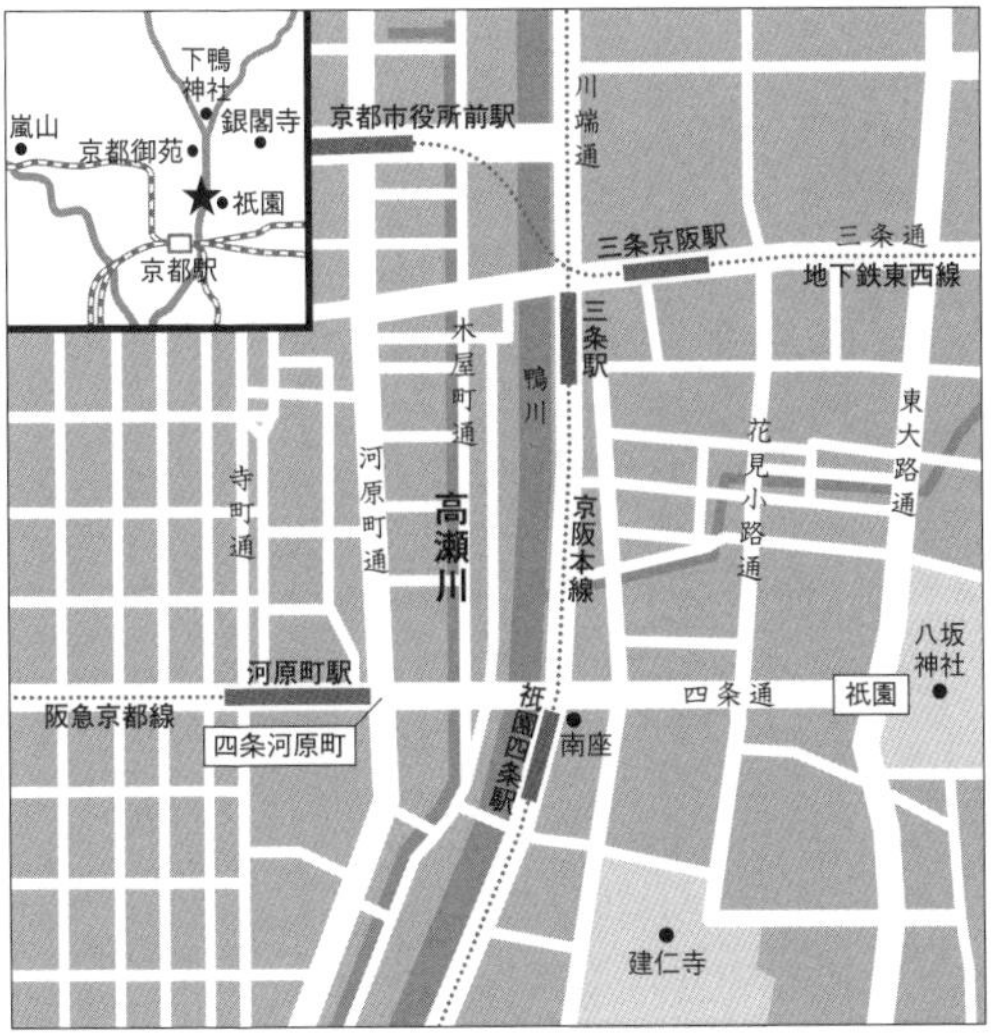

水上勉

（みなかみ　つとむ／みずかみ　つとむ）1919〜2004

福井県大飯郡生まれの小説家。貧しい家に生まれ、口減らしのために10歳で京都の寺に預けられるが、住職の乱行に幻滅し脱走。立命館大学に入るが中退。敗戦後は宇野浩二に師事し1948年『フライパンの歌』でデビュー。1961年直木賞を受賞した『雁の寺』は、子どもの頃の経験が基になっている。

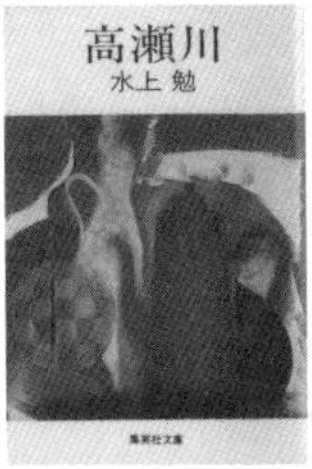

『高瀬川』
集英社文庫／1977年

祇園

吉井勇

かにかくに祇園《ぎおん》はこひし寝《ぬ》るときも枕《まくら》の下《した》を水《みず》のながるる

ゆゑ知《し》らず涙《なみだ》ながれぬ閉《とざ》されし歌舞練場《かぶれんじょう》のまへを過《す》ぐれば

叱《しか》られて悲《かな》しきときは円山《まるやま》に泣《な》きにゆくなりをさな舞姫《まいひめ》

南座《みなみざ》の幟《のぼり》の音《おと》がこころよくわが枕《まくら》まで聴《き》こえ来《く》る時《とき》

先斗町《ぽんとちょう》のあそびの家《いえ》の灯《ひ》のうつる水《みず》なつかしや君《きみ》とながむる

『定本 吉井勇全集第一巻』より

解説

祇園は、京都市東山区に広がる、京都を代表する繁華街であり歓楽街です。祇園社・感神院などと称していた八坂神社の門前町として栄えてきました。その祇園新橋白川のほとりに、放浪の歌人といわれた、吉井勇の歌碑が建っています。

「かにかくに祇園はこひし寝るときも枕のしたを水のながるる」

この歌碑は、一九五五年十一月八日に吉井勇の古希（七十歳）を祝って、谷崎潤一郎らによって建てられました。現在も歌碑前では、祇園甲部の芸舞妓が歌碑に白菊を手向けて勇をしのぶ「かにかくに祭」が催されています。

歌碑の建っている場所は、祇園のお茶屋「大友《だいとも》」の跡地で、碑に刻まれている歌はここで詠まれた作品だといわれています。大友は、知恩院の西側を流れて鴨川と合流する白川に張り出して建っていたため、床の下を白川の水が流れていたのでした。

吉井勇は、五十三歳のとき、左京区北白川の銀閣寺近くに居宅を構えて、七十五歳で没するまで、京都を第二のふるさととして過ごしました。

吉井勇の歌には、祇園とその界隈を詠ったものが多くあります。祇園の街を彩る歌舞伎劇場の「南座」や歌舞練場、円山や鴨川の向こう岸の先斗町などが詠われています。他にも、島原、嵐山、嵯峨野、鞍馬、宇治など京都を歌に残しています。

現在、祇園町北側の祇園新橋は国の重要伝統的建造物群保存地区として選定されています。また祇園町南側の花見小路通を挟んだ市街地は、京都市の歴史的景観保全修景地区に指定されました。

このあたりを歩くと、今も時折、お座敷へと向かう芸妓さんや舞妓さんに出会うことがあります。

吉井勇の死報に接したとき、馴染みの芸妓さんが「なんで菊の花になっておしまいやしたんえ」と嘆いた、と谷崎潤一郎が伝えています。

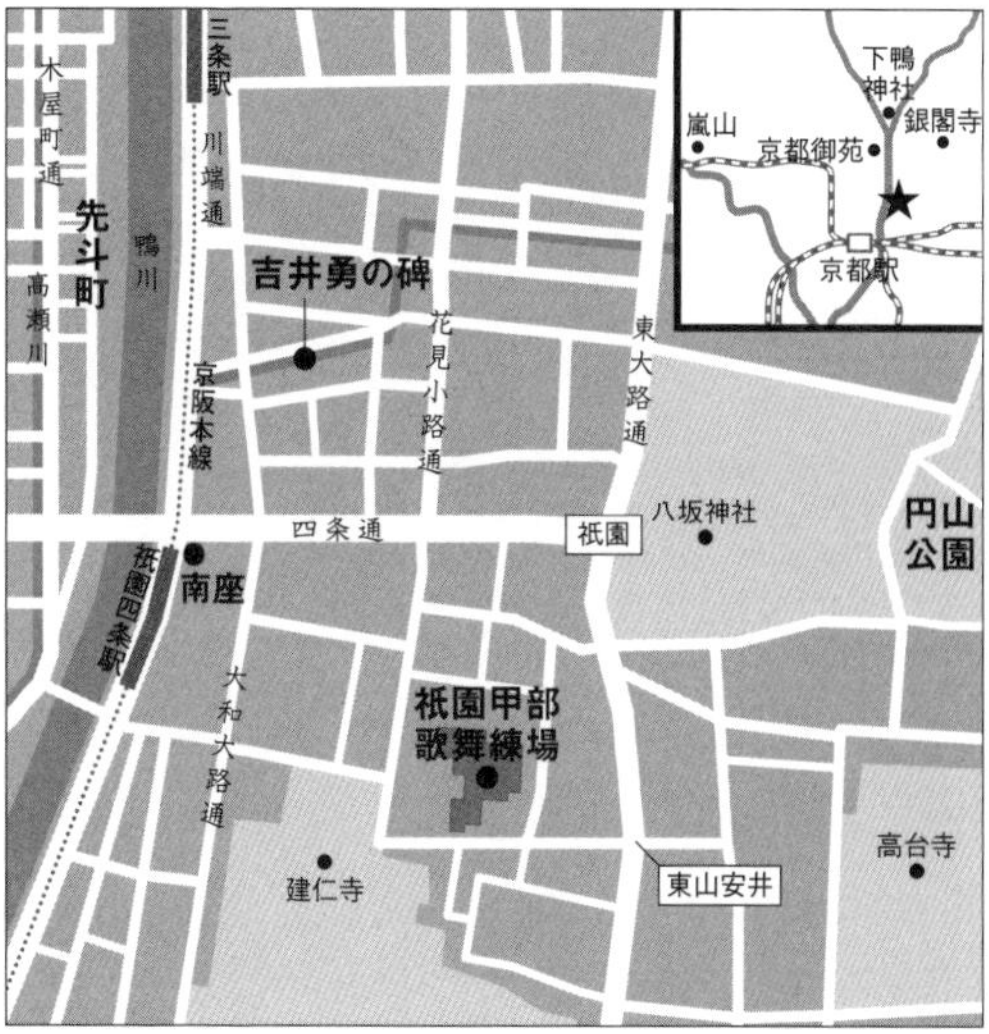

吉井勇

（よしい　いさむ）1886～1960

現在の東京都港区生まれの歌人・作家。早稲田大学中退。1905年『明星』に短歌を発表し、注目される。1908年には北原白秋らと「パンの会」を結成。翌年には石川啄木らと雑誌『スバル』を発行し、耽美派の拠点とした。1910年『酒ほがひ』を発表し高い評価を受ける。生涯文筆をやめず、各地の旅行も楽しんだ。

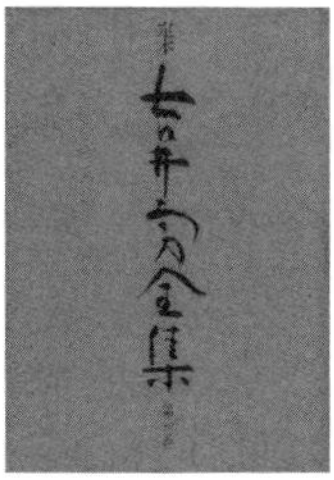

『定本 吉井勇全集 第一巻』
番町書房／1977年

あさきゆめみし

其の八

大和和紀

……満開の桜……

これまでも 御所《ごしょ》に あがったことは あるけれど……
紫宸殿《ししいでん》は はじめて……
まあ…… あれが 帝《みかど》の玉座 なんだわ
あそこから 下される 詔《みことのり》は さぞ こうごうしく ありがたく 聞こえるに ちがいないわ
きょうは 今上《きんじょう》の 催《もよお》される 桜の宴《うたげ》
もう あんなに 人が集まって
あら あの人は 大学寮の 博士かしら……
きっと だれかの 借り着だわ ぶかぶかだもの
詩を 披講《ひこう》することに なっているのね ああ いまから あんなに あがってしまって……
それに となりの人は まるで 赤かぶらの ような 顔だこと
クスクス
あ……
ほらほら つまずいた……!

ぷっ
くくくっ
かぶらが ころがった……！
おほほほ
ほほほ
まあ いやね 六《ろく》の君《きみ》ったら
かぶら ですって
まあまあ ここは にぎやか だこと
ごきげん よう 弘徽殿《こきでん》の おねえさま
ごきげん よう 四《よん》の君《きみ》 五《ご》の君《きみ》
それに きょうは いちだんと 美しいこと 六の君
でも 右大臣《うだいじん》の姫君《ひめぎみ》が はたに 聞こえるほど 大声で笑うなんて はしたないこと ですよ
どうも おとうさまは 末っ子の あなたを 甘やかしすぎて いるようね
でも 承香殿《しょうきょうでん》の 女御《にょうご》の女房《にょうぼう》の 右衛門《うえもん》の君《きみ》のことを 聞いたら きっと おねえさまも お笑いになるわ
右衛門《うえもん》の君《きみ》は きょうのために 選んだご衣裳《いしょう》を 決めかねて
あろうことか それを全部 重ねて 着こんで しまったの ですって

まるでくじゃくのようになったのはいいのですけど
衣裳《いしょう》の重みで立ちあがることもできなくて
さっきお廊下をいざっているのを見ましたわ
ぷっ
ゴホン…
……まあ
あなたのよろしくない点といえば姫君のくせに目はしがきすぎるところね
やんごとない姫君はもっとなにごとにもおっとりとおうようでなければなりませんよ
ことに宮中では見て見ぬふりをしなければならないことがたくさんあるとおっしゃるのね
六《ろく》の君《きみ》!
はい
そうそう以前からあなたのところに文《ふみ》をよせていたという五位《ごい》の少納言《しょうなごん》や蔵人《くろうど》の佐《すけ》はどうしました?
三度ほどお文をいただきましたけれど
お二人ともたいくつなかたがたで……おことわりいたしました
それはけっこう
おとうさまもわたくしもあなたには大きな期待をかけているのですからね
くれぐれも軽はずみなまねはなさらないようにね

はい
春宮《とうぐう》さまの女御《にょうご》として四月には入内《じゅだい》……
そんなことわかってる……
大貴族の姫としてきょうまで育ってきたわたしだもの……
入内《じゅだい》して帝《みかど》の寵《ちょう》を受け世継《よつ》ぎを産みまいらせてなろうことなら立后《りっこう》する……
それが貴族の姫の役目……
あまたの女御更衣《にょうごこうい》のひしめく後宮の中での
かけひきや競争……
ええ……そんなことならだれよりもじょうずにやってみせるわ
まるで碁ならべやすごろくみたいに……
でもそれは……
ほんとうにはわたしのほしいものじゃないわ……
はっきりとはわからないけど……ちがうわ……
わたしがほんとうに望んでいるのは……

六《ろく》の君《きみ》さま 春宮《とうぐう》さまが お席に お着きに なります
いいわ 考えたって しかたがない……
はい はい
わたしは とりあえず この 碁《ご》ならべに 勝たなくちゃ いけないんだもの
ごらんになって みなさん……
わたしは こんなに 美しいのよ
あなたがたが どんなに 競争をしかけようと 負けやしないわ
まあ…… 右大臣《うだいじん》さまの お姫さまの あでやかな こと……
加えて 弘徽殿《こきでん》の 皇太后《こうたいごう》さまの ご威光も あることだし
なにもかもに 恵まれた 女御《にょうご》さまに おなりで しょうね

主上《おかみ》はとうとう 藤壺《ふじつぼ》の宮《みや》を 中宮《ちゅうぐう》にして おしまいになった……
このわたしが あの人の下座《しもざ》に 着かねばならない なんて……
それも もうすぐ 終わる……
春宮《とうぐう》が 即位さえ なされたら ……
宮中には わたしと 並ぶものは いなくなる
残る 目障《めざわ》り は……
源氏《げんじ》の 君《きみ》よ
わたくしには 「春」という 題を たまわりました
二十歳《はたち》に なられて ますます 男らしさが 加わって ゆかれる ような
じろり

春来《はるきた》っては遍《あまね》くこれ桃花《とうか》の水《みず》なれば
仙源《せんげん》を辯《わきま》へず何《いず》れの處《ところ》にか尋《たず》ねむ
春《はる》の暮月《ぼげつ》　月《つき》の三朝《さんちょう》
天《てん》　花《はな》に酔《よ》へり……
「和漢朗詠集」
源氏《げんじ》の宰相《さいしょう》の
中将《ちゅうじょう》の
御歌《おうた》……

おお……
なんと……すばらしい詩だ……
なんと……なにもかも備えておられるうえに……
さらに詩才までもすばらしい
いったい前世にどんな徳をつまれたかたであろうか
このかたが天子に立たばと博士らがなげいたというが
むりもないのう
ウオッホン
ゴホン
ゴホン
あっこれは右大臣
およびでございましょうか? 兄上
桜の下でのあなたの舞いを見たいと思ってね

そんな……わたくしなどかえって興《きょう》をさましてしまいます
それにもう酔《よ》っておりますから
そういわずに紅葉《もみじ》の賀《が》の折の舞いを忘れかねているのだよ
……ではひとさしだけ
……源氏《げんじ》の宰相《さいしょう》の中将《ちゅうじょう》……
春の王に……
源氏の君……
源氏の君……
ああ……美しいこと……

あのときも あなたの ひるがえす 袖《そで》の先から

紅葉《もみじ》が きらきらと まるで 波のように 舞っていた……

燃えるような 夕映《ゆうば》えのなかで……

もしも…… 心に やましさが なければ
だれよりも 大声で あなたを 賞《ほ》めそやし たい……
……いいえ……! やましくも やはり 美しいものは 美しい……
こうなっては いよいよ 頭《とう》の中将《ちゅうじょう》の 出番だな
頼むよ 中将
はっ
これは また みごとですな
中将め 心づもりを していたと みえる

サワサワ
サワサワ
酔った……
ひさかたぶりに……
こんなに
気持ちよく
酔ったのは
何ヵ月ぶりだろう……

解説

大和和紀《やまとわき》の漫画『あさきゆめみし』は、高貴な貴族の血筋と美しい容姿をそなえた光源氏を中心に、さまざまな女性との恋愛関係が綴られた作品です。平安時代中期の古典『源氏物語』が、ほぼ原作どおりに描かれています。

『あさきゆめみし』は、『源氏物語』の舞台となった平安朝の生活様式などを詳細に調べた上で漫画化されています。古典の中でも特に有名な『源氏物語』を漫画という手法で視覚化し、古典への興味を新しく掘り起こした功績は大きく評価されました。

『源氏物語』に登場する建造物で最も多くの舞台となっているのは、平安宮内裏《だいり》です。中でも清涼殿《せいりょうでん》は、桐壺《きりつぼ》帝の桐壺の更衣追慕の場面や、光源氏の元服、冷泉《れいぜい》帝御前での絵合わせ、夜居《よい》の僧都《そうづ》の密奏など、物語の重要な舞台として何度も登場します。

掲載されている花宴巻の冒頭「桜の宴」の舞台となった場所は、平安宮内裏の中の紫宸殿《ししんでん》と呼ばれているところです。

『源氏物語』の時代に平安宮内裏があった場所は、現在は西陣の市街地の下に埋もれていて、承明門《じょうめいもん》や内郭回廊の跡が発掘された地点に、説明の石碑が建てられているだけになってしまいました。

今も平安宮内裏の様子や面影を伝えているのは、昔の平安宮内裏の跡から一・六キロメートルほど東の街に大きく広がる京都御所でしょう。

現在の京都御所は、江戸末期の一八五五年に再建されました。平安宮内裏とは規模や配置などが異なりますが、古来の内裏の形態を今日に保存している由緒ある建造物です。歴代天皇が即位した紫宸殿、清涼殿、小御所《こごしょ》、御学問所《ごがくもんじょ》、御常御殿《おつねごてん》などでは、平安時代以降の建築様式の移りかわりをつぶさに見ることができます。

春と秋には一般公開があり、宜秋門《ぎしゅうもん》から入って紫宸殿の前へ行くことができます。

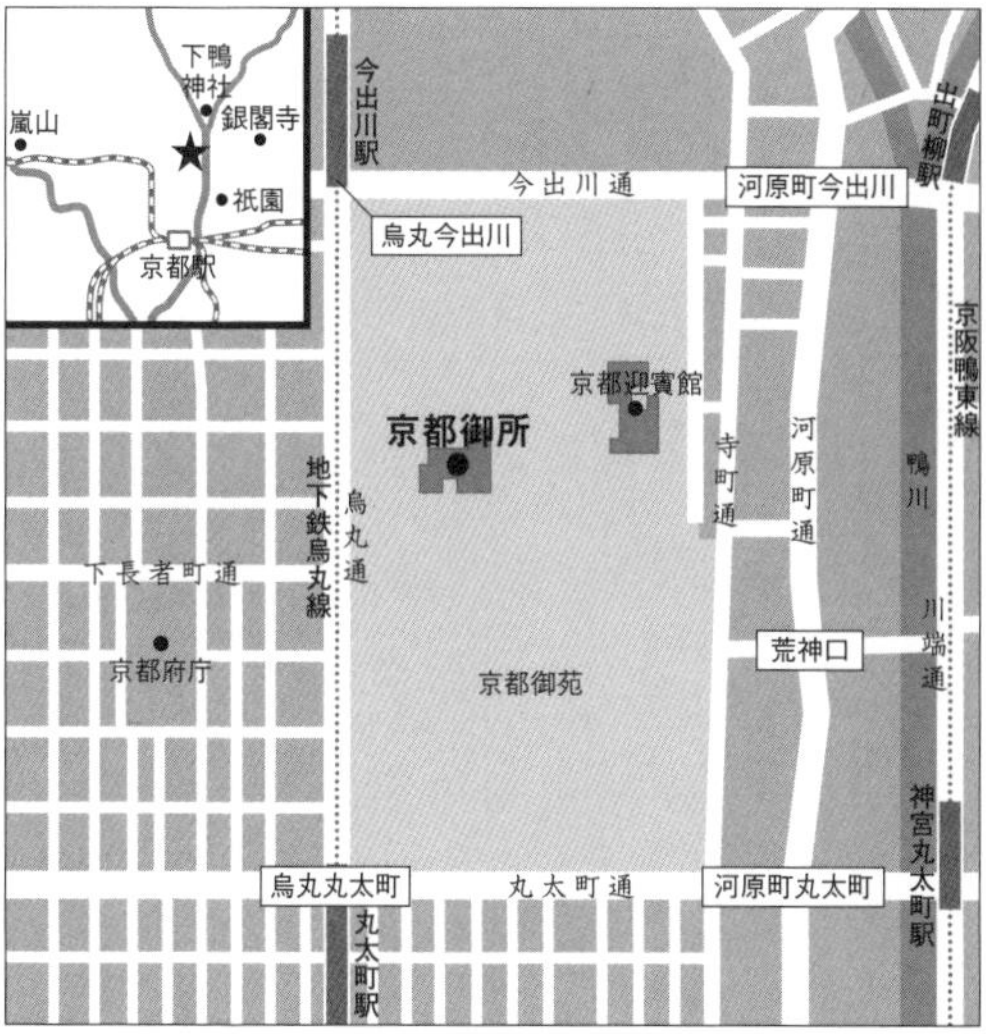

大和和紀

(やまと　わき) 1948～

北海道札幌市生まれの漫画家。1966年『週刊少女フレンド』より『どろぼう天使』でデビュー。1977年に『はいからさんが通る』で第1回講談社漫画賞少女部門を受賞する。『源氏物語』をモチーフにした『あさきゆめみし』は、老若男女問わず読まれ、高い評価を得ている。

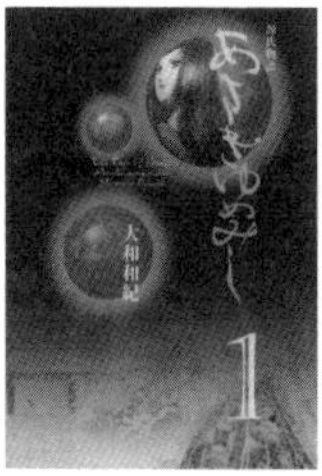

『あさきゆめみし 1』
講談社漫画文庫／2001年

一寸叡山へ

荻原井泉水

山端の平八茶屋で食事をした後、私達は直ぐにも腰を上げようとせずにいた。一つ一つ離れて建てられている外の座敷にも、客はないらしく、初秋の真昼はしんかんとしていた。其静かさを味っている事も快かったのだが、折から細かい雨が降り出して来て、少し待てば止みそうに思われたからでもあった。座敷の前に高野川が流れている。そのきれいな水を見ていると、小さな雨の輪がホチホチと出来ては消えるのも涼しい感じであった。

「もう少し早いと河鹿が鳴くのですよ」

私は東京から来た女の友達に、京都の此辺の風景や情趣を話して聞かした。川の中では、男がゴリという魚を漁っていた、箕を以て川の砂利ごと掬い上げて、其中から一疋二疋をつまみとる。魚のいない時は砂利ばかりを投げすてて、又やり直すのである。その稚朴なやり方、子供が水遊びでもしているようなのがおかしく、あんまり漁れないのが気の毒でもあった。

今から十六七年前、私が初めて此平八茶屋に来た時は、その頃まだ画名も高くない富田渓仙君と二人だった。「山端の名物のとろろ汁を御馳走しよう」と云われて、まだ電車もない出町から埃りっぽい道を一里ばかりも俥に乗って来たものだった。大原女風をした女中のみなりなども珍しく、のんびりした気持になって、二人でゆっくりと昼寝をして、日のかげる頃から京都へ帰って行った事だった。現今は此茶屋も、電車に近く、又自動車をドライブさして来る客なども多くて、こんな雨の降りそうな日ででもなくば、山端らしい静かさはないのである。

此辺を山端というのは、川の向いに、松が崎の丘が出張って、つまり山の鼻に当る所だからであろう。それは、松がうっそうと茂りかかって、光を消したしめやかな青さに雨の筋がすいすいとかかるのも画的な眺めであった。蟬が座敷の檐先《のきさき》でも鳴いた。縁側にすぐくっついて幾百年を経たろうと思う大樹があって、屋根の上から川の上にまで枝を広げているのだった。

「此位の雨ならば涼しくて、カンカン照りよりも却てようございますわ」

そういうので、やや雨の晴れ間を見て出掛けた。私達は、叡山に登ろうというのだった。その目ざす叡山は、目の前にそそり立っているが、頂上の四明ケ嶽《しめいがだけ》には雲がかかっている、上はまだ降っているのではないかと気付かわれる。電車の中には、叡山行らしい顔をした子供を伴れた客などが沢山乗っていて、終点の八瀬《やせ》停留場の遊園の滝しぶきのかかる前で、皆なおろされた。

電車がつくようになってから、叡山もずいぶん変ったが、八瀬などは一二年前と殆ど隔世の感があるといっていい。八瀬大原と云われて若狭街道の淋しい、殊に昔ながらの風趣の残っていた此里に、京都の一流の料理屋が支店を出し、運動具を並べた広場も出来、プールさえも出来た。それでも山のたたずまい、川のすがただけは変らない。而して、其点景人物として車につけた牛を追って古い街道をゆく者も絶えた訳ではない。

「あれが大原女でございますね」

私は、余り見なれているので、友達に指さして話す事を忘れていた。此人は絵を描くので、今迄、展覧会場では見飽きる位見ていた大原女のほんとうの者を今初めて見たことを珍しがったのだった。

「これから大原の方まで行けば、日本画的の好い感じの処がまだ沢山あります」

私はそう云って、然し、私達は叡山行のケーブルカーの乗り場にはいった。

そのカーの階段的になった座席に腰掛けると、水平的な物は一つもなく、自分も車内の人の皆も、直角に腰と膝とを曲げたまま、或は仰向いたり、或は俯向いたりしているし、車外に見える樹木や建物なども皆ひんまがって、垂直であるべき松の幹と車窓の縁をなす直線とが交叉して見えるのだった。

「此ケーブルカーに乗ると、誰でも立体派の絵の気持がよく理解されるというのです」

誰かが云い出した此じょうだんの言葉を私は取次いで、友達を微笑さした。ベルが鳴って、車は動き出した。グングンと、しゃにむに空へ向けてひっぱり上げられるという感じである。どんな急な登りだとても多少の紆余曲折はあるものだが、之は一直線に昇騰《しょうとう》するのだから、手ッとり早い。まわりにある山々が、見ているまに、眼の下になってゆく。八瀬から四明ケ嶽の停留場まで十分とはかからなかった。

「お駕籠《かご》は如何ですか」

之は又何というコントラストであろう。現代的な電力と機械とを用いて、鉄索一本でやすやすと引上げられて来た、四明ケ嶽停留場を出ると、昔風な駕籠舁《かごかき》がつきまとって来るのである。停留場から絶頂まで八丁ばかり、散策してこそ面白いので、私達はゆるゆると眺望を楽みながら歩く事にした。

　ケーブルの軌道が、見れば恐ろしい程、きったてに懸垂している。松が崎の丘がもくもくと青く、箱庭の築山ほどの感じに真上から見おろされる。山端の平八茶屋はあの辺かと指さされるような——高野川は細い一条のひものようになって、その流れて行く方が京都である。松が崎の丘の彼方は上加茂、それから西は光悦が当事新しき村を営んだ鷹が峰であろう。若狭街道もはっきりと瞰下される。それを北へ一里余り行けば大原の里である。「岩倉の狂女恋せよほとゝぎす」と蕪村が詠じた岩倉の里はどの辺だろうかと思う。ずんぐりと高く聳えているのは鞍馬山であろう——と展望しているうちに、其鞍馬の方から、霧が流れて来て、其辺の小さい山を端から包みはじめた。私達は又も天気を気づかいさせられながら、登って行った。

　驢馬の車があとから上って来た。一台に客を二三人乗せて、驢馬二頭で曳くのである。それはお伽噺の本の挿絵にでもありそうで面白い。その轅《ながえ》★1に鈴をつけたらば佳かろうと思う。

同じケーブルカーの中で顔を見合っていた人達で、ずんずんと先へ行ってしまう者もあれば、道草をくっているらしい者もあった。そのどちらも霧で隔てられて見えない程、霧は私達の身辺までも罩《こ》めて来た。斯うなると、非常に深い山中をさまよっているような感じだった。

「此の道を行くと近いんですが……」

それは非常に急な坂だった。

「いいえ、遠くとも……」

女の友達は大そう疲れているらしい。私は今までも、もっと歩調をゆるめて歩くべきだった、気の毒なことをしたと思った。頂上からは琵琶湖が一眸の中に収められる。その大観的な眺望を私が御馳走でもするように、初め家を出る時から云い立てて、叡山を案内しようと連れ出したのだったが、其の湖水は全く見えなかった。東も西もなく、ただ幕々とした霧ばかりだった。ザアーッザアーッという浪のような音は、谷の樹木が風にゆられている音らしい。風も強く出ていた。

私達はやがて、元来た道に引返した。霧はだんだん深くなって、道も見失うかと思う位になった。其中に、道端に、ぽっちりと小さい赤い花が一二輪浮いていた、撫子の花だった。

——その可憐な撫子の霧にも包みかくされない美しさが、今此ペンを採っていながらも、まだ、まざまざと眼前にあるような気がするのである。

『京洛小品』より

★1　轅《ながえ》＝馬車などの前に長く出した二本の棒。先端に横木をつけ、馬や牛につなぎ、ひかせる。

解説

叡山《えいざん》とは比叡山の別称で、京都府京都市北東部と滋賀県大津市西部にまたがっている、二峰からなる山のことです。叡山は天台宗の総本山で、真言宗総本山の高野山とともに信仰の山とされてきました。七八八年に伝教大師最澄によって叡山が本格的に開かれると、比叡山延暦寺《えんりゃくじ》や日吉大社へと参る信者たちによって栄えました。

また叡山は、京都に汚れや厄《わざわい》をもたらす鬼門にあたる北東の方角に位置することから、王城鎮護の山としても祈禱されてきました。

登山も盛んで、京都市左京区修学院から登る雲母坂《きららざか》は、古くから京都と延暦寺を往復する僧侶や僧兵、朝廷の勅使が通った道で、今でも多くの登山客でにぎわっています。山内には、大津から京都大原方面へと抜ける東海自然歩道も通っています。また有料道路を使って車で登ることも、ケーブルカーやロープウェイで山頂へ行くこともできるため、多くの観光客が訪れます。

荻原井泉水は、「東京から来た女の友達」と『一寸叡山へ』と向かいました。出町柳《でまちやなぎ》駅から叡山電車に乗って八瀬《やせ》比叡山口駅でいったん下車。「十二年前と殆ど隔世の感がある」八瀬の駅から、叡山行のケーブルカーに乗って、四明ケ嶽駅（現在のケーブル比叡山駅）で降ります。そこからは「絶頂まで八丁ばかり、散策してこそ面白いので、私達はゆるゆると眺望を楽みながら歩く事にした」のでした。京都の街と、京都盆地を囲む山々が、眼下に広がっている様子が描かれています。

その後、道中で「松が崎の丘の彼方は上加茂、それから西は光悦《こうえつ》が当事新しき村を営んだ鷹《たか》が峰《みね》であろう。若狭街道もはっきりと瞰下《かんか》される」「ずんぐりと高く聳《そび》えているのは鞍馬山であろう」と展望していると、いつしか霧が流れてきて、頂上につくころには「幕々とした霧」に覆われてしまい、何も見えなくなってしまったと記しています。

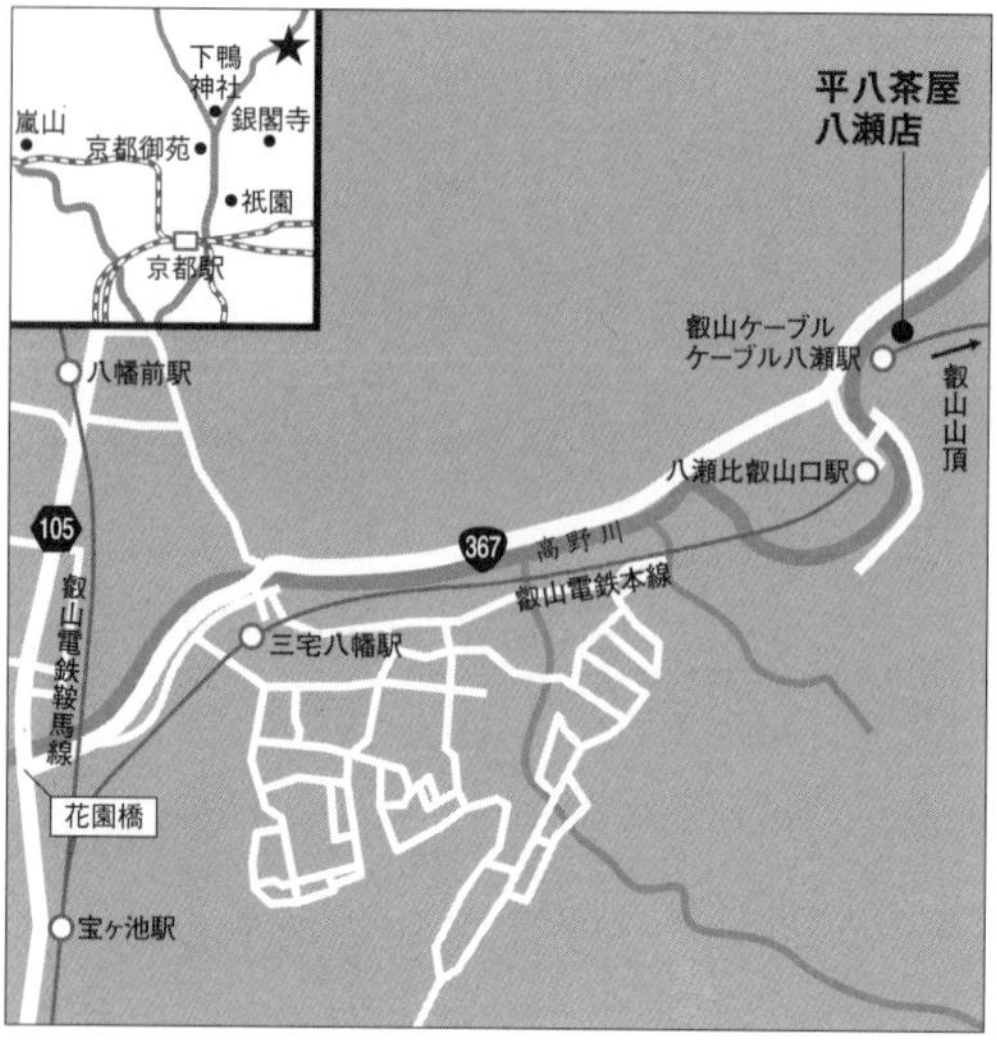

荻原井泉水

（おぎわら　せいせんすい）1884～1976

現在の東京都港区生まれの俳人。小学生の頃から俳句に親しみがあった。東京帝国大学(現在の東京大学)在学中には言語学を専攻。河東碧梧桐《かわひがしへきごとう》の新傾向俳句運動に共鳴し、1911年に機関誌『層雲』を創刊。その後碧梧桐らと分かれ、自由律俳句の中心的存在となる。門下生に尾崎放哉《おざきほうさい》、種田山頭火《たねださんとうか》がいる。

『京洛小品』
創元社／1929年

川

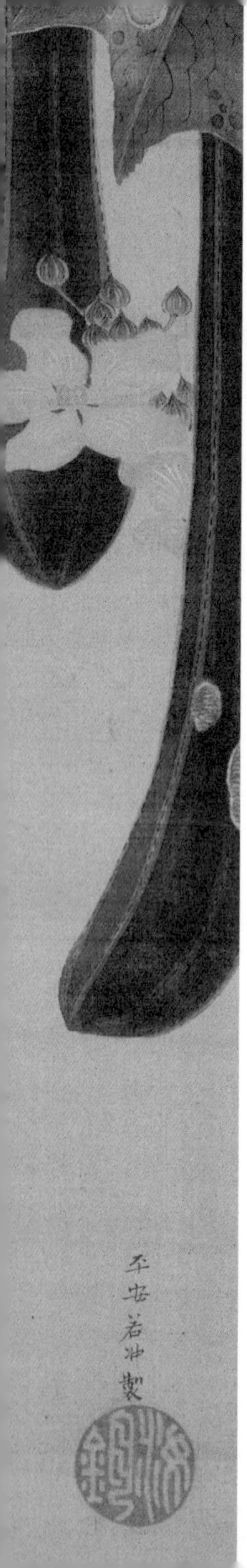
平安若冲製

安寿子の靴

唐十郎

名も言わないこの九歳の少女に会ったのは昨日のことだった。

川面の光りも、急に春めいた京都鴨川を、ズボンの裾をはしょって渡って来た時、対岸の出町柳三角州《でまちやなぎさんかくす》から、からかうような鏡の反射が、十子雄《としお》の顔に照りつけられた。いつもは橋を渡るのだが、急ぎで対岸に向かう時は、そうして膝頭までしかない水の流れを横切ってゆく十子雄であった。鏡の反射で目くらましになった時は、丁度、川の中程で、しつっこい照り返しに手をかざした時、苔石に足が滑った。水に腰まで浸《つか》って、三角州を見上げると、芝生を這って逃げる小さな女の後ろ姿が見えたが、ずぶ濡れで岸にたどり着くと、鏡を隠した者は、まだいたいけな少女で、別に咎める気もしなかった。

この少女と再会したのは、それから一時間後のゲームセンターの中だった。百円硬貨を何枚か入れてコインを出す変換機に、十子雄が針金の細工を凝らしていた時、硝子窓を通して、いかさまを覗く少女と目が合った。偶然としか思わなかったが、只で出したコインでゲームに打ち興じている時、十子雄の真似をして、マッチ棒でコインを出そうとしている少女が、係員に捕まった。「こんなこと、誰から教わった」と衿首引っ捕まえられた少女は、すかさず十子雄を指さし、「助けて、お兄ちゃん」と喚いた。

店から飛び出た十子雄が、繁華街の人混みにまぎれ込んだ時、係員の手をすり抜けた少女も、十子雄の行く所に、悪くて面白そうな何かが転がっているとでも思ってか、人混みにまぎれて尾行した。それも十子雄は気付いていて、振り切りながらも、蠅のように追ってくる少女が、十子雄にはむずがゆかった。

繁華街で、オートバイに乗った一つ年上の、中畑に会ったのも、そんな少女に手を焼いていた頃で、もう一台のオートバイに乗った朱実《あけみ》と、エンジンを吹かせながら、中畑は、神戸にある朱実の別荘に行かないかと誘った。

中畑は十六、十子雄は十五歳の中学三年生である。

京都の春に、中畑のバイクの尻に便乗して阪神高速を素っ飛ばすのは、魅力的であり、奇妙な少女と縁を切るにももってこいで、十子雄は、引き締まった中畑の腹に手を回したが、何十米《メートル》か走って、飛び降りざるを得なかった。振り切った筈の少女が、人混みで指をくわえて見送るどころか、ひっきりなしに左右を擦れ違う車の、その車道に飛び出し、走るバイクの後を追おうとしたからである。

ここまで十子雄を追うからには、十子雄にはまだ告白していない、それなりの理由があるのかと、中畑とも別れ、その少女に近付くと、色黒の、八、九歳程にはなっている足の長い少女は、からかうように人混みに逃げた。が、十子雄が立ち喰いそば屋で、そばを喰っている時には、フラリと入って来て、一人前にそばを頼んだ。それも半分喰ってから、丼《どんぶり》を十子雄の方に持って来て、食べ切れないと呟いた。腹も十分でない十子雄が、それを手伝って喰うと、金を持ってない少女の分を払わざるを得なかった。

こうして、ロクな結果にならない道連れは、陽のある内に清算してしまおうと、二、三百円の電車賃を渡して、出町柳の橋まで送ると、「俺の後を尾けるからには何か意味があったんだろう、お前は一体なんだっ」と十子雄は言った。少女は上賀茂《かみがも》の方から照る夕陽に頬を真っ赤に染めて、尾行したのは何の意味もなく、只、面白そうに思えたからだと、ずり落ちたパンツを、色気もなくずり上げた。僕の何が面白そうに見えると、十子雄が聞くと、橋を渡らずに川を渡って来たのが、カッコイイとおだてるが、手っ取り早いだけだと笑って、さて、お前の家はどっちの方向だと、出町柳の駅を中心に左右をグルリと見回した。

「あたしの家は……」

と少女は手鏡を取り出し、夕陽に反射する光を、まず上賀茂の岸の方に向けた。

「そっちの方向?」

「ううんっ」

と首を振り、手鏡を、川面の彼方の、その光が届きそうもない森の方へ、ゆっくりと移動させた。

「どこ?」

「どこだろう?」

そう言って、十五歳の少年を、またもからかい、手鏡は三百六十度、ぐるりと回った。十子雄が、その手首を摑んでなじりかけると、「お母さんは仕事で東京だし」と猫がすねるような声だした。

「お父さんは？」

「いることはいるけれど」

どこにいるのかと、じれったくなって十子雄が橋の周囲を見回すと、手鏡を持ち直した少女は抱き上げてくれと摺り寄った。抱き上げると橋の欄干に膝付き、少女の鏡はジグザグに回ったが、「あそこっ」と焦点を合わしかけた時、手鏡は、少女の手から、クルクルと光りながら、川に落ちた。

それを十子雄は、何故拾いに行ったのだろう。十子雄自身、今、考えて見ると、川に落ちた手鏡と少女を、そこで放置して帰るべきだったと思えるのだが、少女が、十子雄の胸から飛び下りて、橋を駈け出し、斜めの岸を降りて行こうとするのを、黙って見逃すわけにもゆかなかった。川の深さは、少女のもものの辺りまでしかないのだが、落した辺りの川床はコンクリートで斜形となり、流れもひと際速かった。

十子雄は少女を引き留め、橋の上から、「右、左」と合図させ、川床に転がった手鏡を拾いに行った。

シャツをたくし上げながら、川面に腕を差し込むと、「その足元っ」と少女は言い、十子雄は、川面に頬をスレスレにさせながら、少女の宝に触れた。その時、橋の上で、手を叩きながら、少女は「つかんでる」と叫んだのだ。
それから、少女の父が住む所まで付き添って行ったのは、十子雄がお人好しであったばかりでなく、拾いあげた手鏡をクルクル回しながら、帰る方向はあっちだと指し示すのが、その前に焦点を合わせようとした方角と随分と違い、その出鱈目さを見ても分るように、その少女が、帰るのを恐がっている迷子に見えたからである。
夕闇のバス・ストップにバスが滑り込み、十子雄と降りて来た少女は、白いマンションを仰ぎ見た。「あれか?」と言うと、少女は頷き、「じゃ、僕は帰るから」とバス停に一人残ろうとすると、少女は、十子雄の手を強引に引っ張った。

（中略）

今夜は一晩泊めて、明日にでも帰り先を見つけてやろうと、玄関に二人立つと、居間で膳《ぜん》を拭いていた母親が、妙な娘に目くじら立てて、どこの子と聞いた。咳込んでいた父親も振り返り、年も合わない十子雄のガールフレンドに目をキョトつかせていたが、十子雄は、中畑の妹だと答えた。不良の中畑をよく知っている母親は、中畑に妹など居ないと見抜いたが、十子雄は、すかさず、腹違いの妹だと付け足した。それにしても、何故、そんな子を預かんのかと母親が少女をジロジロ見ると、少女は、御飯は要《い》らないから、余りかまわないでくれと言った。気の良い父親も、何かの事情があるのだろうと味方をしたので、少女も気楽になってスタスタ上ると、「すいません、小父さん」と頭を下げた。父親が咳込むと、その背をさすって点数かせぎ、膳に並べられた夕飯に、食べないと言いながら少女は箸をつけるのだった。

　食後の食器を、母親が片づけようとすると、少女は立って母親をテレビの前に押し戻し、一家の物を、一人で洗った。寝る所は、十子雄の部屋だったが、「小母さん、座布団をお借りします」と三枚の座布団を、敷きっ放しの十子雄の布団の横に置き、他人の布団に潜り込むような、はしたない女ではないとでも言うようだった。が、掛け布団は十子雄の方から半分引っぱがし、それを鼻まで掛けると、早寝だから先にと目を閉じた。閉じながらも、十子雄が横に眠るまでは、起きていたようで、二時間後、十子雄がパジャマに着替えると、パッチリ目を開き、「ねえ、お兄ちゃん、あのマンションの部屋で何を見たの?」と聞くのだった。「いいから寝ろ」と言うと、「こんなに早く寝たことないもん」と、早寝とは正反対のことを言い、眠れるように何か話してくれと、十子雄の布団に入ってくるのだ。

十子雄は、天井を見上げながら、三年前に嫁いで、去年の春に死んだ姉が、よく十子雄に語ってくれた寝物語を喋り出した。

「そこは直江《なおえ》の里でした。母にはぐれた安寿《あんじゅ》は、汐《しお》を汲《く》み、厨子王《ずしおう》は、山へ柴《しば》を刈りに行かされました。姉は浜で弟を思い、弟は山で姉を思い、日の暮れるのを待って小屋に帰れば、二人は手を取り合って、筑紫《つくし》にいる父が恋しい、佐渡《さど》にいる母が恋しいと、言っては泣き、泣いては――」

と、少女の寝顔をゆっくり見ようとすると、目をパッチリ開けたまま、それからと足を蹴った。そこで、話を続けながら、先に眠ってしまったのは十子雄であり、少女はその十子雄をゆすりながら、夢の中に先に行くな、自分を置いてゆくなと言った。

『安寿子の靴』より　抜粋

解説

鴨川の流れる出町柳の三角州で、家出をした幼い少女と中学生の少年が出会うところから『安寿子の靴』は始まります。

急いでいる時、橋を渡らずにズボンの裾をはしょって川を渡る姿が「カッコイイ」といって、少女は少年にまとわりつきます。ある時、姉にプレゼントした赤いハイヒールを片方だけ見つけた少年は、煩わしく思っていた少女に、亡くなった姉の面影を発見していくのでした。そして二人は、何かを探し求めて、京都の街を彷徨《さまよ》います。

主人公の少年が「十子雄」、亡くなった姉が「安寿子」という名前のこの物語は、説経節の『さんせう太夫』を原作として作られた童話『安寿と厨子王』をモデルにして創作されたといえるでしょう。

印象的なのは、鴨川という京都にとって重要な川の、出町柳の三角州で少年と少女とが出会う場面です。京都で暮らす学生や若者たちは、今では三条から四条にかけての河原で散歩やデートを楽しんでいますが、しばらく前までは、出町柳の三角州あたりが遊びの中心地でした。

鴨川は、京都市を流れて淀川へと続く川として、古《いにしえ》より人々の暮らしと密接に結びついてきました。一六一四年には高瀬川によって大坂への水路が開け、一八九〇年には琵琶湖疏水《そすい》が開かれて琵琶湖と結ばれましたが、鉄道の開通やトラックによる運送に押されて、水運は衰退していきました。

鴨川は古来、氾濫を繰り返す暴れ川といわれてきました。都市を流れる川としては勾配が急であり、平安京の造営時に北山の木が多く伐採されたり、市街地が東へ拡大して河原が市街地化したことなどが原因だと指摘されています。
　現在は、二条大橋から五条大橋にかけての西岸の料理店が、河原にオープンテラスを張り出しています。そこで鴨川の涼感や飲食を楽しめます。

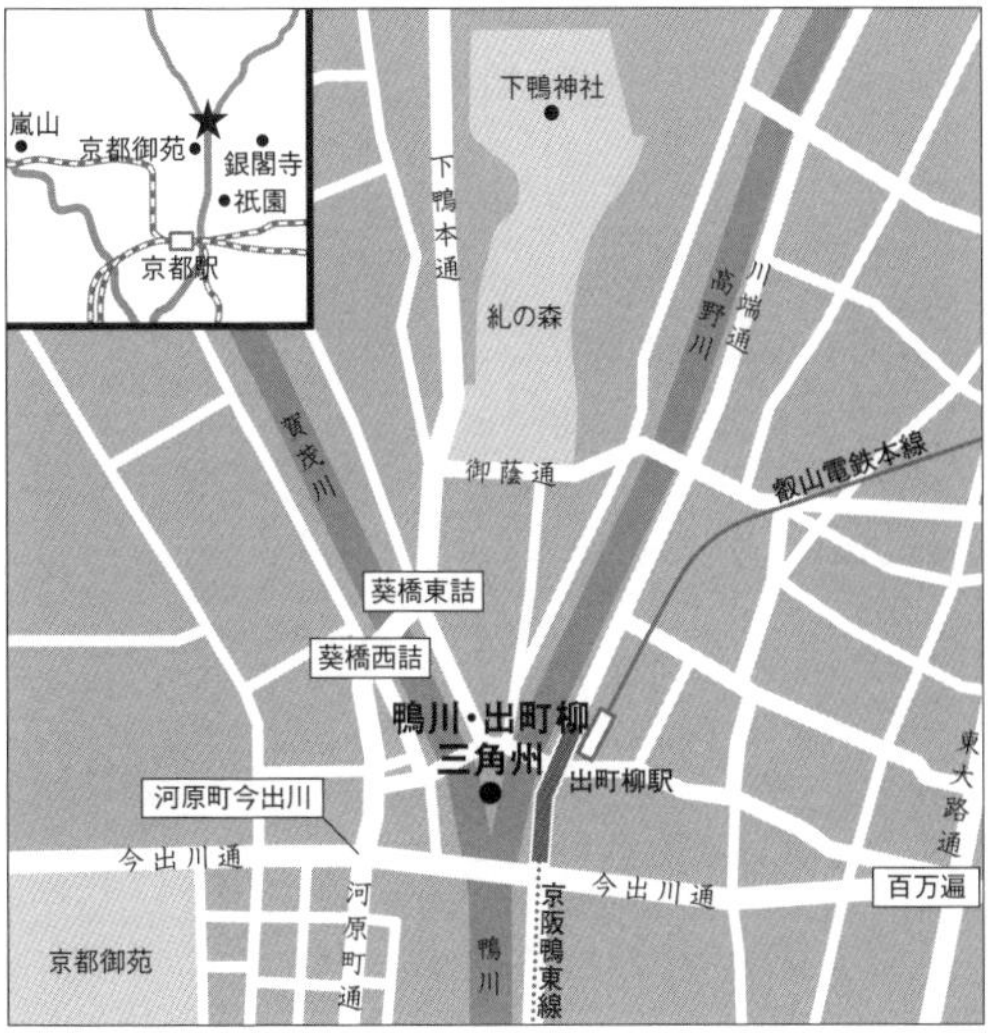

唐十郎
（から　じゅうろう）1940〜

東京都生まれの劇作家・演出家・俳優。明治大学在籍時には演劇学を専攻。卒業後、1963年劇団「状況劇場」を結成。新宿の花園神社境内に紅テントを建てて上演を行なった。演劇活動の傍《かたわ》らで小説を執筆。1978年『海星・河童』で泉鏡花文学賞受賞、1983年には『佐川君からの手紙』で第88回芥川賞を受賞している。

『安寿子の靴』
文藝春秋／1984年

虞美人草

夏目漱石

「これは……」と甲野さんが茶碗の一つを取り上げて眺《なが》めている袖《そで》を、宗近《むねちか》君は断わりもなく、力任せにぐいと引く。茶碗は土間《どま》の上で散々に壊れた。

「こうだ」と甲野さんが壊れた片《かけ》を土の上に眺めている。

「おい、壊れたか。壊れたって、そんなものは構わん。ちょっとこっちを見ろ。早く」

甲野さんは土間の敷居を跨《また》ぐ。「何だ」と天龍寺の方を振り返る向うは例の京人形の後姿がぞろぞろ行くばかりである。

「何だ」と甲野さんは聞き直す。

「もう行ってしまった。惜しい事をした」

「何が行ってしまったんだ」

「あの女がさ」

「あの女とは」

「隣りのさ」

「隣りの？」

「あの琴の主さ。君が大いに見たがった娘さ。折角見せてやろうと思ったのに、下らない茶碗なんかいじくっているもんだから」

「そりゃ惜しい事をした。どれだい」

「どれだか、もう見えるものかね」

「娘も惜しいがこの茶碗は無残な事をした。罪は君にある」

「あって沢山だ。そんな茶碗は洗った位じゃ追付《おっつ》かない。壊してしまわなけりゃ直らない厄介物《やっかいもの》だ。全体茶人の持ってる道具ほど気に食わないものはない。みんな、ひねくれている。天下の茶器をあつめて悉く敲《たた》き壊してやりたい気がする。何ならついでだからもう一つ二つ茶碗を壊して行こうじゃないか」

「ふうん、一個何銭位かな」

二人は茶碗の代を払って、停車場《ステーション》へ来る。

浮かれ人を花に送る京の汽車は嵯峨より二条に引き返す。引き返さぬは山を貫いて丹波《たんば》へ抜ける。二人は丹波行の切符を買って、亀岡《かめおか》に降りた。保津川《ほづがわ》の急湍《きゅうたん》はこの駅より下る掟《おきて》である。下るべき水は眼の前にまだ緩《ゆる》く流れて碧油《へきゆう》の趣をなす。岸は開いて、里の子の摘む土筆《つくし》も生《は》える。舟子《ふなこ》は舟を渚《なぎさ》に寄せて客を待つ。

「妙な舟だな」と宗近君がいう。底は一枚板の平らかに、舷《こべり》は尺と水を離れぬ。赤い毛布《ケット》に烟草盆を転《ころ》がして、二人はよきほどの間隔に座を占める。

「左へ寄っていやはったら、大丈夫どす、波はかかりまへん」と船頭がいう。船頭の数は四人である。真っ先なるは、二間の竹竿《たけざお》、続《つ》づく二人は右側に櫂《かい》、左に立つは同じく竿である。

ぎいぎいと櫂が鳴る。粗削《あらけず》りに平《たいら》げたる樫《かし》の頸筋《くびすじ》を、太い藤蔓《ふじづる》に捲《ま》いて、余る一尺に丸味を持たせたのは、両の手にむんずと握る便《たよ》りである。握る手の節の隆《たか》きは、真黒《まくろ》きは、松の小枝に青筋を立てて、うんと掻《か》く力の脈を通わせたように見える。藤蔓に頸根を抑えられた櫂が、掻くごとに撓《しわ》りでもする事か、強《こわ》き項《うなじ》を真直《ますぐ》に立てたまま、藤蔓と擦《す》れ、舷《こべり》と擦れる。櫂は一掻《ひとかき》ごとにぎいぎいと鳴る。

岸は二、三度うねりを打って、音なき水を、停《とど》まる暇なきに、前へ前へと送る。重なる水の蹙《しじま》って行く、頭《こうべ》の上には、山城《やましろ》を屏風《びょうぶ》と囲う春の山が聳《そび》えている。逼《せま》りたる水はやむなく山と山の間に入《い》る。帽に照る日の、忽《たちま》ちに影を失うかと思えば舟は早くも山峡に入る。保津の瀬はこれからである。

「いよいよ来たぜ」と宗近君は船頭の体《たい》を透かして岩と岩の逼る間を半丁の向《むこう》に見る。水はごうと鳴る。

「なるほど」と甲野さんが、舷《ふなばた》から首を出した時、船ははや瀬の中に滑《すべ》り込んだ。右側の二人はすわと波を切る手を緩める。櫂は流れて舷に着く。舳《へさき》に立つは竿を横《よこた》えたままである。傾むいて矢の如く下る船は、どどどと刻み足に、船底に据えた尻に響く。壊われるなと気が付いた時は、もう走る瀬を抜けだしていた。

「あれだ」と宗近君が指《ゆびさ》す後ろを見ると、白い泡が一町ばかり、逆《さ》か落しに噛《か》み合って、谷を洩《も》る微《かす》かな日影を万顆《ばんか》の珠《たま》と我勝《われがち》に奪い合っている。

「壮《さか》んなものだ」と宗近君は大いに御意《ぎょい》に入った。

「夢窓国師とどっちがいい」

「夢窓国師よりこっちの方がえらいようだ」

船頭は至極冷淡である。松を抱く巌《いわお》の、落《い》ちんとして、落ちざるを、苦にせぬように、櫂を動かし来り、棹《さお》を操《あやつ》り去る。通る瀬は様々に廻《めぐ》る。廻るごとに新たなる山は当面に躍《おど》り出す。石山、松山、雑木山《ぞうきやま》と数うる遑《いとま》を行客《こうかく》に許さざる疾《はや》き流れは、船を駆ってまた奔湍《ほんたん》に躍り込む。

大きな丸い岩である。苔を畳む煩わしさを避けて、紫の裸身《はだかみ》に、撃ち付けて散る水沫《しぶき》を、春寒く腰から浴びて、緑り崩《くず》るる真中に、舟こそ来れと待つ。舟は矢も楯《たて》も物かは。一図にこの大岩を目懸けて突きかかる。渦捲《うずま》いて去る水の、岩に裂かれたる向うは見えず。削られて坂と落つる川底の深さは幾段か、乗る人のこなたよりは不可思議の波の行末《ゆくえ》である。岩に突き当って砕けるか、捲き込まれて、見えぬ彼方《かなた》にどっと落ちて行くか、——舟はただまともに進む。

「当るぜ」と宗近君が腰を浮かした時、紫の大岩は、はやくも船頭の黒い頭を圧して突っ立った。船頭は「うん」と舳《へさき》に気合を入れた。舟は砕けるほどの勢いに、波を呑《の》む岩の太腹に潜《もぐ》り込む。横たえた竿は取り直されて、肩より高く両の手が揚がると共に舟はぐうと廻った。この獣奴《けだものめ》と突き離す竿の先から、岩の裾《すそ》を尺《しゃく》も余さず斜めに滑って、舟は向うへ落ち出した。

「どうしても夢窓国師より上等だ」と宗近君は落ちながらいう。

急灘《きゅうなん》を落ち尽すと向《むこう》から空舟《からふね》が上ってくる。竿も使わねば、櫂は無論の事である。岩角に突っ張った懸命の拳《こぶし》を収めて、肩から斜めに目暗縞《めくらじま》を掠《かす》めた細引縄《ほそびきなわ》に、長々と谷間伝いを根限り戻り舟を牽《ひ》いて来る。水行く外《ほか》に尺寸《せきすん》の余地だに見出しがたき岸辺を、石に飛び、岩に這《ほ》うて、穿《は》く草鞋《わらんじ》の滅《め》り込むまで腰を前に折る。だらりと下げた両の手は塞《せ》かれて注ぐ渦の中に指先を浸すばかりである。うんと踏ん張る幾世の金剛力に、岩は自然《じねん》と擦り減って、引き懸けて行く足の裏を、安々と受ける段々もある。長い竹を此所《ここ》、彼所《かしこ》と、岩の上に渡したのは、牽綱《ひきづな》をわが勢に逆《さから》わぬほどに、疾《と》く滑らすための策《はかりごと》という。

「少しは穏かになったね」と甲野さんは左右の岸に眼を放つ。踏む角《かど》も見えぬ切っ立った山の遥《はる》かの上に、鉈《なた》の音が丁々《ちょうちょう》とする。黒い影は空高く動く。

「まるで猿だ」と宗近君は咽喉仏《のどぼとけ》を突き出して峰を見上げた。

「慣れると何でもするもんだね」と相手も手を翳《かざ》して見る。

「あれで一日働いていくらになるだろう」

「いくらになるかな」

「下から聞いて見ようか」

「この流れは余り急過ぎる。少しも余裕がない。のべつに駛《はし》っている。所々にこういう場所がないとやはり行かんね」

「おれは、もっと、駛りたい。どうも先っきの岩の腹を突いて曲がった時なんか実に愉快だった。願《ねがわ》くは船頭の棹を借りて、おれが、舟を廻したかった」

「君が廻せば今頃は御互に成仏《じょうぶつ》している時分だ」

「なに、愉快だ。京人形を見ているより愉快じゃないか」

「自然は皆第一義で活動しているからな」

「すると自然は人間の御手本だね」

「なに人間が自然の御手本さ」

「それじゃやっぱり京人形党だね」

「京人形はいいよ。あれは自然に近い。ある意味において第一義だ。困るのは……」

「困るのは何だい」

「大抵困るじゃないか」と甲野さんは打《う》ち遣《や》った。

「そう困った日にゃ方《ほう》が付かない。御手本がなくなる訳だ」

「瀬を下って愉快だというのは御手本があるからさ」

「おれにかい」

「そうさ」

「すると、おれは第一義の人物だね」

「瀬を下ってるうちは、第一義さ」

「下ってしまえば凡人か。おやおや」

「自然が人間を翻訳する前に、人間が自然を翻訳するから、御手本はやっぱり人間にあるのさ。瀬を下って壮快なのは、君の腹にある壮快が第一義に活動して、自然に乗り移るのだよ。それが第一義の翻訳で第一義の解釈だ」

「肝胆相照らすというのは御互に第一義が活動するからだろう」

「まずそんなものに違ない」

「君に肝胆相照らす場合があるかい」

甲野さんは黙然《もくねん》として、船の底を見詰めた。言うものは知らずと昔し老子《ろうし》が説いた事がある。

「ハハハハハ僕は保津川と肝胆相照らした訳だ。愉快々々」と宗近君は二たび三たび手を敲《たた》く。

乱れ起る岩石を左右に縈《めぐ》る流は、抱《いだ》くが如くそと割れて、半ば碧《みど》りを透明に含む光琳波《こうりんなみ》★1が、早蕨《さわらび》に似たる曲線を描いて巌角《いわかど》をゆるりと越す。河は漸く京に近くなった。

「その鼻を廻ると嵐山どす」と長い棹を舷《こべり》のうちへ挿《さ》し込んだ船頭がいう。鳴る櫂に送られて、深い淵《ふち》を滑るように抜け出すと、左右の岩が自《おのずか》ら開いて、舟は大悲閣《だいひかく》の下《もと》に着いた。

二人は松と桜と京人形の群がるなかに這《は》い上がる。幕と連なる袖の下を掻《か》い潜《く》って、松の間を渡月橋に出た時、宗近君はまた甲野さんの袖をぐいと引いた。

赤松の二抱《ふたかかえ》を楯に、大堰《おおい》の波に、花の影の明かなるを誇る、橋の袂の葭簀茶屋《よしずちゃや》に、高島田が休んでいる。昔しの髷《まげ》を今の世にしばし許せと被《かぶ》る瓜実顔《うりざねがお》は、花に臨んで風に堪えず、俯《ふし》目《め》に人を避けて、名物の団子を眺めている。薄く染めた綸子《りんず》の被布《ひふ》に、正しく膝を組み合せたれば、下に重ねる衣《きぬ》の色は見えぬ。ただ襟元《えりもと》より燃え出《い》づる何の模様の半襟かが、すぐ甲野さんの眼に着いた。

「あれだよ」

「あれが？」

「あれが琴を弾《ひ》いた女だよ。あの黒い羽織は阿爺《おやじ》に違ない」

「そうか」

「あれは京人形じゃない。東京ものだ」

「どうして」

「宿の下女がそういった」

瓢箪《ひょうたん》に酔《えい》を飾る三五★2の痴漢《うつけもの》が、天下の高笑《たかわらい》に、腕を振って後ろから押して来る。甲野さんと宗近さんは、体《たい》を斜めにえらがる人を通した。色の世界は今が真っ盛りである。

『虞美人草』より　抜粋

★1　光琳波＝尾形光琳が描いた、図案化された波。
★2　三五＝三々五々の意。

解説

夏目漱石が、教職を辞め、職業作家の第一作として一九〇七年に執筆した作品が『虞美人草』です。家督相続や愛情のもつれを軸に、世の中の道義が我欲や打算に勝るという勧善懲悪の読み物を、華麗な美文調の文体で綴った作品です。主な舞台は、京都で、その前半では物語の中心となる二人の男が、保津川を下る舟に乗り込みます。

漱石も乗船したという舟下りの描写からは、刻々と変化していく渓谷の景観や船頭の竿さばきなどこまやかな臨場感が伝わってきます。

保津川の舟下りは、角倉了以《すみのくらりょうい》の保津川開削からはじまります。了以は、丹波と京都とを結ぶ水運を利用して豊富な物資を京都に運ぼうと、一六〇六年、難所が多く巨岩巨石が横たわる急流の峡谷を、多くの犠牲を払い、巨費を投じて開削しました。

水路が開かれると、米や麦などの食料や薪炭などが高瀬舟で輸送されるようになりました。丹波の豊富で質のよい木材や薪炭は、戦後も京都へと運ばれましたが、トラック輸送が拡大するにつれ、筏《いかだ》や荷船による水運は姿を消していきました。

一方、保津川峡谷の変化に富んだ景観と四季の美しさを求めて、一八九五年頃から外国人観光客を乗せた舟下りがはじまり、人気となりました。大正時代から昭和初期には外国人観光客が京の町から人力車でやってきたため、山本浜の乗船場への道に、異人街道という異名がついたといいます。

保津川の舟下りの終着点に近い嵯峨嵐山に近づくと、右手の山の中腹に大悲閣千光寺が見えてきます。この寺は、開削工事で犠牲になった人々の霊を弔うために、角倉了以が建立した寺院で、了以の記念碑も建っています。

亀岡から嵯峨まで十六キロメートルに及ぶ保津川の舟下りは、今では年間を通じて保津渓谷の美を満喫できる観光名所になりました。

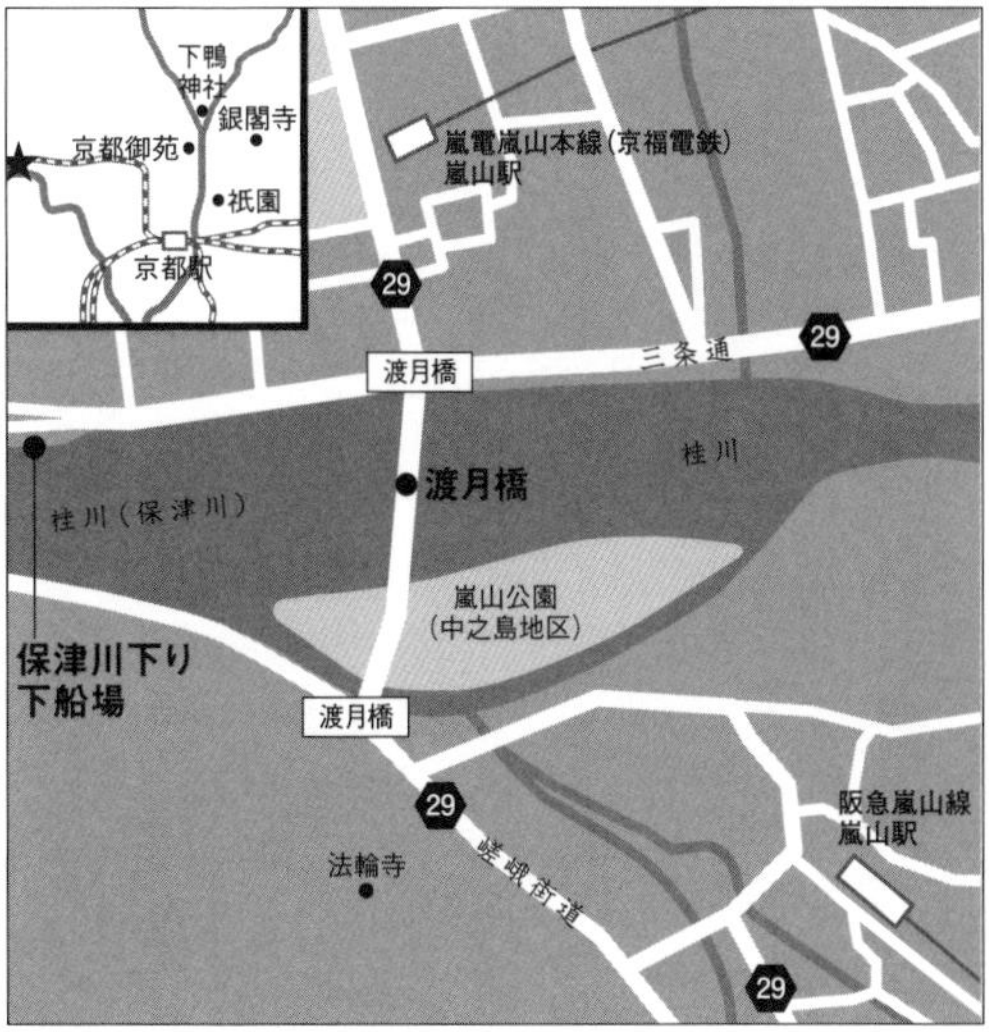

夏目漱石

(なつめ　そうせき) 1867～1916

現在の東京都新宿区生まれの小説家。1884年大学予備門に入学し、正岡子規に出会う。東京帝国大学(現在の東京大学)を卒業後、愛媛県尋常中学に赴任。1900年、文部省の官費留学生としてイギリスに行く。帰国後の1905年『ホトトギス』に『吾輩は猫である』を発表し文壇デビュー。以降、次々と名作を生みだす。

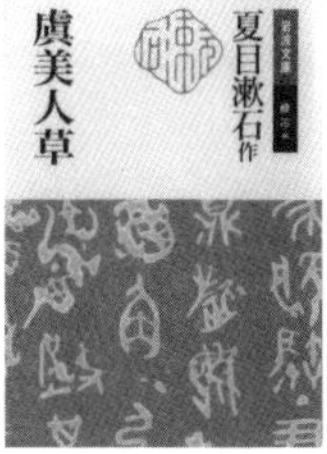

『虞美人草』
岩波文庫／1939年

歳時記

神遊び——祇園祭について

杉本秀太郎

文節《ぶんせつ》は、生まれてからずっと祇園祭のまん中に住んでいる。日本の三大祭礼の一とされているこの有名な祭には、「山」と呼ばれるものと「鉾《ほこ》」と呼ばれるものと、二種類の祭礼の道具がある。道具というよりも、これはいずれも神の依《よ》りしろである。山は現在二十二基、鉾は現在七基をかぞえるが、文節の住んでいる町《ちょう》は、そのうちの一基の山を町有している。

山とは聞きなれない名かもしれないが、さまざまな人形、といってもそれが人間をかたどっていることもあれば、魚や虫であったり、祇園のお社とは無関係な別のお社のミニアチュールであったり、さまざまなのだが、とにかく作り物を、そしてその作り物が神体そのものでもあるのだが、そういう作り物を飾るための、高い木組みの台のうえには、松が立てられ、その松の根もとは緋または緑の毛氈《もうせん》をかけた竹編みのかごで掩《おお》われている。そこがこんもりとした山のかたちなのである。だから山という。

祭の行列には、この山をかつぐ。山が十数人の人足の肩にかつぎ上げられて移動する。ここには「山をかつぐ」という一種のことば遊びが感じられる。かつて文節は、黒沢明の映画『蜘蛛巣城』のなかで、山が動くかに見せかける戦略の場面をみたとき、祇園祭の山のことをさっそく連想したものだ。山のうちには、飾り台のうえにりっぱな屋根がつき、屋根を突きやぶる大きな松が立てられた、そういう山が三基ある。これはかつぐわけにゆかないから、曳くように仕組みが変っている。かつぎ山に対して、こちらを曳《ひ》き山という。

鉾はすべて曳く仕組である。樫材で作られた四つの大車輪が、石持《いしもち》という巨大な二本の平行した角材にとりつけられ、石持のうえにのっかった櫓組《やぐらぐみ》の構造体をのせて動く。車は直径二メートル足らず、源氏車という種類であって、輻《や》、大羽《おおば》、小羽《こば》からできていて、ばらばらに分解できる車である。鉾は、まん中に高い心柱《しんばしら》を立てる。長くとがった武器を「ほこ」という。鉾は天空の疫神に対して地上の勢威を示す祭具が起こりである。七基の鉾には多少の大小はあるが、一基が重さ八―九トン、高さは地上から鉾天《ほこてん》まで二十七―二十九メートルばかりあり、鉾は二本の太綱によって、三、四十人の人力で曳かれる。この鉾と曳き山のうえで奏されるのが祇園囃子《ばやし》である。

文節はこの祇園囃子を子守歌にして育ったようなものだ。もっとも、この子守歌は、二階囃子といってお囃子の練習のはじまる六月末から七月二十四日(今は十七日)までの子守歌なのだが、幼少年期を通じてほぼ一カ月のあいだ、毎日かならず聞いていたとすれば、祇園囃子が脳髄の芯に刻みこまれ、体液のうちに混り、ときには文節の心臓の加減をさえ左右するとしても、すこしもふしぎなことはない。

文節は、祇園祭は神遊びだ、と思っている。ヒトがカミになって遊ぶこと、いやもう少し正確にいえば、ヒトがカミになるその推移を、ヒトがみずから遊ぶことだ、と思っている。祭が近づくと、カミのほうから、ヒトの住む近くまでやってきて、ヒトの誘いに乗り、いっそう近づき、やがてヒトとカミがまざり合うことになって祭がたけなわになるのだ。

祭の近づいたことをカミに知らせるのは、文節の気持では、祇園囃子の練習開始である。鉾が組立てられて町家《ちょういえ》つまり町有の家のまえに建ち、能舞台のあの橋がかりという構造との類縁を示す架橋が、町家の二階から鉾の上層部、囃し手たちが三十人余りも乗る櫓にまで渡されるのは七月十日のことだが、祇園囃子の練習は、早い鉾町《ほこちょう》では、もう六月の二十八日くらいに始まる。

梅雨明けまでに、まだ幾日もある六月のかわたれどきに、文節の家には二階囃子の音が聞こえてくる。能楽で用いるのとおなじ太笛が、幽婉とした曲想をかなでて、カミをさそう。鯨骨の撞木《しゅもく》を用いて内がわの縁辺と底とを打叩く中くぼみの鉦《かね》が、余韻のある高い音によって、しめった空気に緊迫をあたえ、空間を等質に均らし、カミの歩みを容易ならしめる。太鼓が、下方から笛と鉦とを支えながら、あらゆる太鼓がそうであるように、前へ、前へと衝迫的にこころをそそのかすリズムを刻み、カミのこころに、ときめきを起こさせる。

祇園囃子といえばコンコンチキチン、コンチキチンと、人びとは受取ってしまうが、二階囃子の練習期間に、祭の音楽の担い手たちがくりかえし練習するのは、そういうふうに聞こえるせわしない囃子ではなくて、西洋音楽でいえば、グラーヴェ、あるいはアダージォに相当するような、きわめてゆるやかで荘重な曲である。しかも、単に一種類ではなく、そういう曲がいくつも、九つあるいは十ばかり、七基の鉾三基の曳き山それぞれにまたちがった曲が、それくらいずつ伝えられていて、演奏には習熟を要する。だから、半月近くも、毎晩そういうむつかしい曲を、ことさらに練習するのである。七月十七日の山鉾引きまわしの日、すなわち外向きでは祇園祭の頂点とみえる行列の日、それらの曲は出鉾囃子と称して、鉾が四条通りをまっすぐ東へすすむ数町のあいだにだけ奏される。そして四条通りのまっすぐ東の突き当りといえば、八坂神社である。出鉾囃子は、つまり神楽囃子のようにカミに奉納する音楽であり、また舞いをともなっている。舞い手は鉾のうえに乗っている稚児《ちご》である。

「コンコンチキチン、コンチキチン」というふうに聞こえる囃子は戻り囃子といって鉾が八坂神社のある東方へとすすまず、町かどを折れてしまってから奏される。すでに戻りにかかっているのだ。戻り囃子もまた二十曲、三十曲と曲目があり、なかにはグラーヴェ、アダージォの曲におとらない難曲があって、やはりくりかえし練習される。戻り囃子の速さには、アレグレットからアレグロ・アッサイくらいまでの幅がある。いずれも、こころせわしい曲だ。

かつて、ある歴史家がいったような「民衆の歓喜」を、文節は祇園囃子におぼえたことはない。出鉾囃子がそういう感じを伴わないのはいうまでもないことだ。そして、カミとヒトとの別離がもう間近いことを予感している悲しみが、戻り囃子には表現されている、と文節はいつも思うくらいだ。戻り囃子の時間に、ヒトは、カミからヒトへと戻ろうとし、カミは、ヒトのもとを去ろうとして後ろ姿を見せている。ヒトは突然、カミの姿を見失う。カミは、来年ふたたびあらわれるためには、ここで姿を消さねばならないのだ。じっさい、鉾が引きまわしの道順をすべてめぐりおえて、もとの町家のまえに停止すると、囃子はいちじるしく速度を高め、さいごは一種のビュルレスクのような自暴自棄のプレスティシモに陥り、数秒のあいだ、おそろしい速さでつづいたのち、鋭い笛の一声を合図に、ひたと集結してしまう。

数年前のことだった。文節は、祇園祭の鉾立《ほこたて》が、きのうだったかおとといだったか、とにかく無事におわった四条通りで、ある用事のためにいそぎのタクシーを拾った。長刀鉾《なぎなたぼこ》、函谷鉾《かんこぼこ》、月鉾《つきぼこ》が、車道に建ち並んだ夕暮の四条通りは、せばまった路上に車が渋滞して、いそぎのタクシーも無意味のようだった。文節はあきらめていた。しかし、タクシーの運転手は勿論あきらめてはいないので、舌打ちしていら立っていた。

「あーあ、こいつがまた始まりよって。わしや、この祇園囃子いうやつが大きらいですねん。陰気くそて、女のくさったみたいな音出しよって。なんでこんなもんがええのや、わかりまへんわい」

運転手は、さも腹立たしくそういった。文節は、これを聞いてぎょっとした。運転手の腹立ちまぎれの悪口が、文節の虚を衝《つ》いた。「あんた、ほんまにそう思いますか。祇園囃子が陰気くさいと思いますか」

「そらそうや。勿体ぶりよって、公卿《くぎょう》いうのかなんか知らんが、むかしの女が、めそめそ、めそめそ泣いてるみたいなもんやおへんか。わしらには、とうてい分りまへんわい。いなかの御輿《みこし》みたいに、わああと馬鹿さわぎしたらおもろいのに、こらいったいなんやねん、祭、祭いうてるくせに、幽霊出てきそうで、気が滅入りますわ」

この男は耳がいいやつだと、文節は感心してしまった。祇園祭の悪口をいわれているのに腹が立たないというおぼえは、彼にはこれが初めてだった。この運転手は、カミを呼び寄せるのにもっとも適したあの空洞の楽器、笛というものの持っている音いろのあはれを逆説的に言い当てているばかりか、祇園囃子の鉦《かね》が六斎念仏踊の鉦にひとしく、地獄の閻魔《えんま》の暴制から亡者たちを庇護するという観音さまの信仰が、まさにあの鉦を打鳴らさせているということさえ、明察している気味があった。このときから文節には、祇園囃子の神楽囃子という一面と表裏一体をなしているもう一面が、つまり幼童の亡魂をなぐさめる観音経読誦の伴奏楽が、はっきりと聞こえてくるようになった。

『洛中生息』より　抜粋

解説

京都に盆地特有の蒸し暑い季節がやってくると、七月一日から一ヶ月間にわたって祇園祭が催されます。千年以上の歴史を数える祇園祭は、東山にある八坂神社の祭礼です。明治までは、祇園御霊会《ぎおんごりょうえ》と呼ばれていました。

祇園御霊会は、全国に疫病が流行した八六九年、薬師如来の化身である牛頭天王の霊を鎮める目的で行われた御霊会を起源としています。諸国の国の数である六十六本の鉾《ほこ》を立てて穢れを祓い、神輿三基を送りました。

祇園祭の「山」と「鉾」は、「山鉾」として重要有形民俗文化財に指定されており、山鉾巡行では「コンコンチキチン　コンチキチン」と囃される祇園囃子の音色にのって、京都の街を巡ります。

夏の到来を告げる祇園祭は、歳時記を飾る日本三大祭礼の一つです。

歳時記とは、「歳事記」とも書かれる四季の事物や年中行事などをまとめた書物のことです。今は主に俳句の季語を分類して解説した書物を指しますが、六世紀に中国の年中行事を月ごとにまとめた『荊楚《けいそ》歳時記』が、民間に残るものとしては最古のもので、これが奈良時代に日本に伝来して「歳時記」と呼ばれるようになりました。

一八七三年に太陽暦が導入されると、はじめは国内が混乱しましたが、今は四季とは別に新年を立て、立春を二月におき、陰暦から一ヶ月遅れで調整しています。

京都に生まれ育った著者の杉本秀太郎は、今も歳時記とともに暮らしている京都人がいることを著書を通して伝えてくれています。

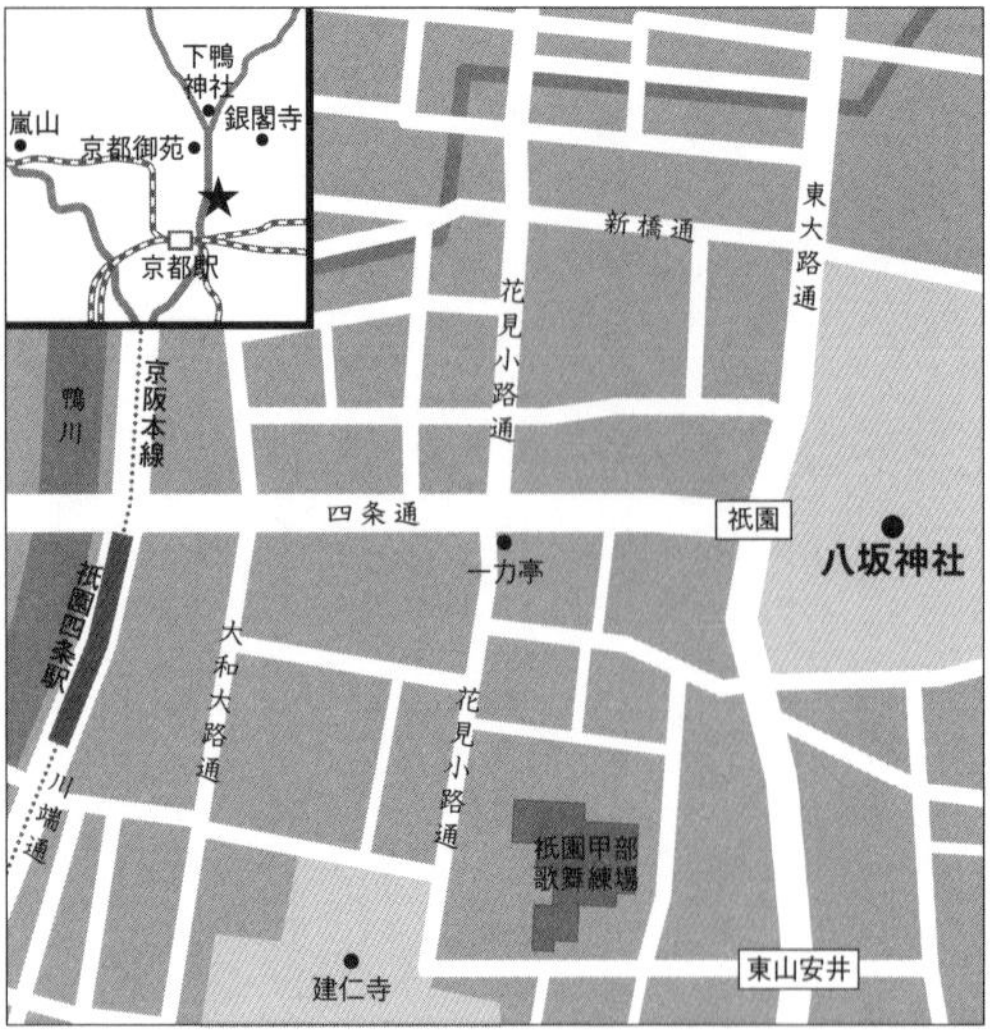

杉本秀太郎

（すぎもと　ひでたろう）1931〜

京都府生まれのフランス文学者・文芸評論家。京都大学卒業。日本芸術院会員。実家は江戸時代より大正期まで京呉服商を営んでいた。現存する杉本家住宅は江戸時代の風情を残す古い町屋建築であり、2010年に国の重要文化財に指定されている。著書に『大田垣蓮月』や『『徒然草』を読む』などがある。

『洛中生息』
みすず書房／1976年

山月記

森見登美彦

銀閣寺の北に大文字山への登山口がある。

鬱蒼《うっそう》と木が茂って明かりもないため、登山口わきにある駐車場から奥へ進めば、まったく何も見えなくなる。懐中電灯を頼りに二人の警官は慎重に歩を進めた。

大文字界隈で奇怪な現象が起こるという噂は広く知られているから、夜間に大文字山へ挑む豪傑も最近では減っていた。しかし、あの大学生たちはそんな噂を屁とも思わなかったらしい。

彼らは詭弁論部《きべんろんぶ》という偏屈なクラブに所属する学生たちである。詭弁論部は、初々しい新入生たちに「我ら詭弁を弄《ろう》しに弄して万人に嫌われて悔いなし」という誓言を強い、彼らの人としての幸せを入学早々台無しにするのを年中行事としている。

その唾棄《だき》すべき行事は大文字の火床に立って京都の夜景へ唾を吐き、「詭弁踊り」を踊り狂うことで締めくくられるのだが、その万人を満遍なく小馬鹿にする不埒《ふらち》な行為に及ぼうとした矢先、新入生の一人が、天空より飛来したとてつもなく大きな唾の塊になぎ倒された。自分が唾を吐くどころではない。大粒の唾は闇から次々と飛んできて、居合わせた連中が軒並み打ち倒された。

ぬめぬめと糸をひく部長が「なんじゃこりゃあッ」と怒号すると、ふいに彼の身体が宙に持ち上げられた。呆然としている部員たちを尻目に、彼はヨーヨー代わりに弄《もてあそ》ばれているかのようにくるくると横向きに回転しながら夜景を背景に上がったり降りたりを繰り返し、ついには涎《よだれ》を垂らして泣き出した。

しばらくして、ようやく地面に下ろされた部長は、部員たちへ示す威厳も、詭弁で塗り固めてきたこれまでの卑劣極まる人生の何もかも振り捨てて、ただ「お母さーん」と郷里の母を恋しがりながら一散に火床から駆け下りていった。残る部員たちも慌てて後に続いた。蜘蛛《くも》の子を散らすように逃げる彼らの背後で、ドッとどよめくような笑い声が聞こえたという。

「いよいよこれは狸か何かのしわざだな」

前嶋巡査長は真っ暗な山道を歩きながら呟いた。

「しかしそれじゃあ処置に困ります」

「法の及ぶ連中ではないからな」

中腹にある千人塚という不気味な広場へ出たが、とくに怪しい人影はなかった。前嶋巡査長は懐中電灯の光をぐるりと廻《めぐ》らして、暗い木立の奥を調べた。

「ともかく火床まで行こう」

さらに山道を登り、火床へ出ると視界が開けた。

西に面する急な斜面に、大の字を描くための炉が点々とある。木々が生えていないために、そこからは京都の夜景が一望の下に見渡せた。涼しい風が吹き渡っていて、二人の汗を乾かした。彼らは汗を拭いながら眼を細め、星を撒《ま》いたような夜景を眺めた。

火床の中央にある弘法大師堂の廻りを調べてみたが、とくに注意をひくものはなかった。

「もう少し上まで行ってみるか」

弘法大師堂の背後から急な石段がさらに上へと続いている。「大」の字の、横棒より上の出っ張りに相当する部分である。石段の果てはふたたび道が暗い木立の奥へ消えていて、そこから如意ヶ嶽の三角点まで続き、その先は滋賀県へかけて広がる森となる。

石段へ前嶋巡査長が足をかけた途端、ぶしゃっという音がして、彼は大粒の唾にやられた。石段の上から飛んできたらしい。転げ落ちそうになる巡査長を危うく抱きとめ、夏目巡査は警棒を握りしめた。

続いて飛来する唾を巧みに躱《かわ》し、頭上の闇を見据えて「川端署の者だッ」と叫ぶと、二発目の唾が大きく逸《そ》れて夜空へ飛んでいった。向こうの狙いが狂ったらしかった。ふいに「ああ、なぜこんなところにおまえが」と闇の中で呻《うめ》く声が聞こえた。

夏目巡査はその声に聞き覚えがあった。

「ひょっとすると斎藤さんではないですか?」

闇に向かって問いかけた。

闇からはしばらく返辞がなかった。しのび泣きかと思われる微《かす》かな声が時々洩れて来るばかりである。ややあって、低い声が答えた。

「如何にも自分は斎藤秀太郎である」と。

夏目孝弘巡査は大学生の頃、麻雀狂であった。

大学界隈において「麻雀」は恐るべき魔力を持っている。昼夜を分かたぬ中国語の勉強に勤《いそ》しみすぎた挙げ句に生涯の大計を誤る学生も多く、雀荘のわきの路地にはそういった連中の屍《しかばね》が累々《るいるい》と積み重なり、道行く人から憐れみの視線を投げかけられている。

彼に麻雀の味を教えたのは、葵《あおい》祭の行列仕事で知り合った理学部大学院の永田《ながた》という男である。永田は、からりと晴れた秋空のように清々しく天真爛漫、大好きな麻雀に足を取られることもなく着実に学問の道を邁進する、つねに冷静で穏やかな男であった。

夏目と永田は雀荘に出入りしたり、知人の家へ入り浸って麻雀に耽った。永田は麻雀の途中に抜け出して研究室へ向かい、実験を終えて帰ってきてふたたび卓を囲むという荒技を難なくこなした。麻雀に憑かれた知人たちの屍を踏み越えて、それでもなお麻雀を悠々満喫するその姿は楽しげであった。

永田の同学年に、飛び抜けて風変わりな男がいるという話を夏目は耳にした。この界隈で「麻雀四天王」と呼ばれる男たちのうちの一人であるという。四天王とは言いながら、その他の三人については誰も知らない。永田がすでに修士二年目にいるというのに、その人物はまだ学部に居座っており、未だに卒業の見通しは立っていない。否、見通しが立たないというよりも、うかうかと見通しを立たせることを潔《いさぎよ》しとしないという。友人たちの卒業式において「さらばだ、凡人諸君」と嘯《うそぶ》いたという伝説は、夏目を感服せしめた。男は名を斎藤秀太郎といった。

夏目が斎藤と初めて卓を囲んだのは、一乗寺にあった永田の下宿で開催された「一乗寺杯争奪戦」であった。深夜になって、もはや鉄屑と言うべき自転車で悠然と現れたその男は、胡瓜《きゅうり》のように細長い顔をして、いわば自裁の日を目前にひかえた芥川龍之介を彷彿《ほうふつ》とさせ、異様な凄みを漂わせていた。

彼は鬼神のごとく強かった。

他人の煙草を吸い、他人の酒を飲み、「一乗寺杯」をやすやすと手中に収め、ついでに己の生活費をも手中に収め、そして一言の愛想もなく平然と去っていくその姿は、他の連中に一種無量の感を起こさしめた。他人を屁とも思わぬ勝ちっぷりには恨みを抱く隙もなく、妖怪変化のたぐいが目前を駆け抜けたごとくに思われたのである。

「ねえ、夏目君。あいつは偉いやつだよ」

白々と夜が明けつつある白川通を牛丼屋目指して歩きながら、永田は嬉しそうに言った。

「大学の知り合いで僕が尊敬するのは、あいつだけなんだ。僕も他のやつらも、みんな中途半端さ」

性狷介《けんかい》で自ら恃《たの》むところすこぶる厚い斎藤秀太郎は人付き合いをほとんどしなかったが、永田とだけは親しく行き来があった。永田は同学年である上に、その懐は十和田湖のごとく深かったので、傲慢きわまる斎藤の一挙手一投足を平然と受けいれることができたからである。永田は心から斎藤に尊敬の念を捧げ、斎藤はそれを水道の水を飲むがごとく、さも当然という顔をして受け取った。

永田と親しくなるにつれ、夏目は斎藤秀太郎のもとを時折訪ねるようになった。

晩夏のある夕べ、永田が斎藤の好物の秋刀魚を差し入れるというので夏目もついていった。廊下に面したドアが開け放ってあり、その中から二人を迎えた斎藤は一糸纏《まと》わぬ裸であった。創作に熱中するあまり脳髄が白熱したので、衣服をすべて脱いでしまったのだという。

「志半ばで熱中症で死んではたまらないからな」

「小説の方はいよいよ佳境かい」永田が尋ねた。

「至るところ佳境だらけさ」

斎藤は平然と言った。

「そこらへんに適当に座れ」と斎藤は言ったが、その畳に彼の生尻がぺったりと据えられたことがまざまざと想像できた。夏目はためらいながらも腰を下ろし、初めて自分も人並みに潔癖であることを思い知った。

永田が秋刀魚を取り出すと斎藤はひどく喜んだ。押入をがさがさやって七輪を取り出し、「これで焼かなくては美味くない」と言った。そのまま秋刀魚の誘惑に身をまかせ、闇雲に廊下へ出ようとする。

「斎藤君、その前に下着だけでも身につけた方がいいね」と永田が言った。「それに、せめて米を炊かなくてはね」

夏目は七輪を抱えさせられ、斎藤について物干し台へ出た。裏手に迫る森から涼気が流れ込み、蜩《ひぐらし》の鳴く声が聞こえていた。斎藤は慣れた手つきで七輪に炭を入れて火をおこした。永田は下宿の一階にある共用炊事場で米を炊き始めてから、物干し台へ上がってきた。いよいよ金網を渡して秋刀魚を焼き始めると、斎藤は子どものような顔でかたわらにいる夏目に笑いかけた。

「やっぱり魚を喰わなくちゃいかんよな」

「うっす」と夏目は答えた。

「うちの母親は魚を喰うと頭がよくなるとつねづね言っていた。まったくその通りに違いない。見ろ俺を」

そこでふいに口をつぐみ、斎藤はじっと物干し台の隅を見つめている。ややあって少し怒気を含んだ声で先を続けた。

「あらゆる畜生の中でもっとも頭の良い生き方をしているのは猫に違いないが、あいつらが小狡《こずる》いのも魚を喰うせいに違いないぞ」

夏目が斎藤の視線を追ってみると、一匹の大きな黒猫がうずくまり、焼かれている秋刀魚を猫視眈々と狙っている。やがて斎藤が恐れた通り、そのふてぶてしい猫は秋刀魚への飽くなき情熱を実地に示した。追い払おうとした斎藤の手をすり抜けて、がぶりと秋刀魚の尻尾へ喰らいつこうとした根性は、猫舌のくせにあっぱれと言うべきであろう。

斎藤はそれをさらに追い払おうとし、誤って七輪を蹴倒した。真っ赤に焼けた炭が物干し台から転がり落ちた。階下には間の悪いことに、誰かが薄汚れた布団を広げていた。布団は真っ赤な炭を受けとめて不吉な煙を上げ始めた。

夏目と永田が消火活動に奔走する一方、斎藤は秋刀魚を持ち去った猫を追って下宿中を奔走した。


斎藤秀太郎にも恋の季節があったと、夏目は永田から聞いた。

斎藤が報われぬ恋の苦汁を舐めて夜毎《よごと》もがき苦しんだというならば万人が腑に落ちるだろう。しかし神の悪質な悪戯と言うべきか、相手が斎藤に恋をした。

彼女は永田と斎藤の共通の知人であったが、結局その思いは斎藤に届かず、幾多の繊細微妙な経緯を経て、彼女は永田と付き合うことになった。

「それでべつにかまわんじゃないか」

斎藤は永田に言ったという。「勝手に幸せになるがいい」

それが本心からの言葉かどうか、夏目には分からなかった。

ともあれ正しい相手を選び得たことを、その女性の幸せのために夏目は喜んだ。一度だけ夏目も見たことのある彼女は、ふんわりとした頬をして、落ち着いた優しそうな人であった。

玲瓏《れいろう》たる美貌で男をねじ伏せるのではなく、優しく男を癒して、しかる後ねじ伏せる人であろうと夏目は考えた。本当に彼女がそういう人であったかどうかは別である。

斎藤は恋のいきさつを黙して語らず、代わりに永田がこっそりと夏目に耳打ちした。

銀閣寺道の薄暗い喫茶店で彼女が恋心を伝えた時、天下の斎藤秀太郎もすこぶる動揺した。動揺した自分に気がついて腹を立て、冷めた珈琲を一心不乱にかき回した。とうとうその場に踏み止まること能《あた》わず、憮然としたまま立ち上がって店を出た。

彼女が珈琲代の支払いをすませて後を追って出ると、彼は小糠雨《こぬかあめ》を浴びながら威張って腕を組み、雨に煙る大文字山の方角を眺めていた。彼女がかたわらに立つと、彼は「俺のことは放っておけ」と言った。

「癒してどうする、この俺を」

彼は呻いた。

「今までの苦労が水の泡だ！」

『新釈 走れメロス 他四篇』より　抜粋

解説

森見登美彦は、京都を舞台に、新しい小説技法を駆使して作品を発表しています。「魔術的リアリズム」と呼ばれている技法で、日常に在るものと無いものとを融合させている芸術作品に対して使われています。

森見登美彦版の『山月記』は、中島敦の短編『山月記』の変身物語を本歌取りし、「新訳」と銘打った作品です。

中島敦の『山月記』は、一九四二年『文學界』に発表されました。詩人になり名声を得たかった官吏が、大成できずに狂乱し、人食い虎に成り果ててしまう物語です。東アジアや東南アジアにも伝わる話で、中島敦は中国の変身譚「人虎伝」から着想を得て『山月記』を書いたのでした。

森見登美彦は、この変身譚を「奇怪な現象が起こるという噂」話をめぐる物語として、大学生たちの日常生活と重ねながら作品化しています。舞台となった大文字界隈とは、「大文字の送り火」ともいわれる「五山送り火」が行われる付近です。

毎年八月十六日に行われる五山送り火は、お盆にこの世を訪れたご先祖を、あの世へとお送りするための精霊送りの火と考えられています。「大文字」がよく知られていますが、ほかに「左大文字」「妙法」「船形」「鳥居形」の形があり、これらが相前後して点火され「五山送り火」となります。

京都のお盆は、八月七日~十日頃にはじまります。かつて死者の野辺送りの通り道だったという六道珍皇寺と千本釈迦堂では、迎え鐘で精霊をお迎えします。お迎えした精霊は自宅の仏壇へと導かれ、十六日の送り火までこの世で過ごします。

京都の夜空を焦がす伝統行事「五山送り火」は夏の終わりを告げる歳時記として、葵祭、祇園祭、時代祭とともに京都四大行事の一つとされています。

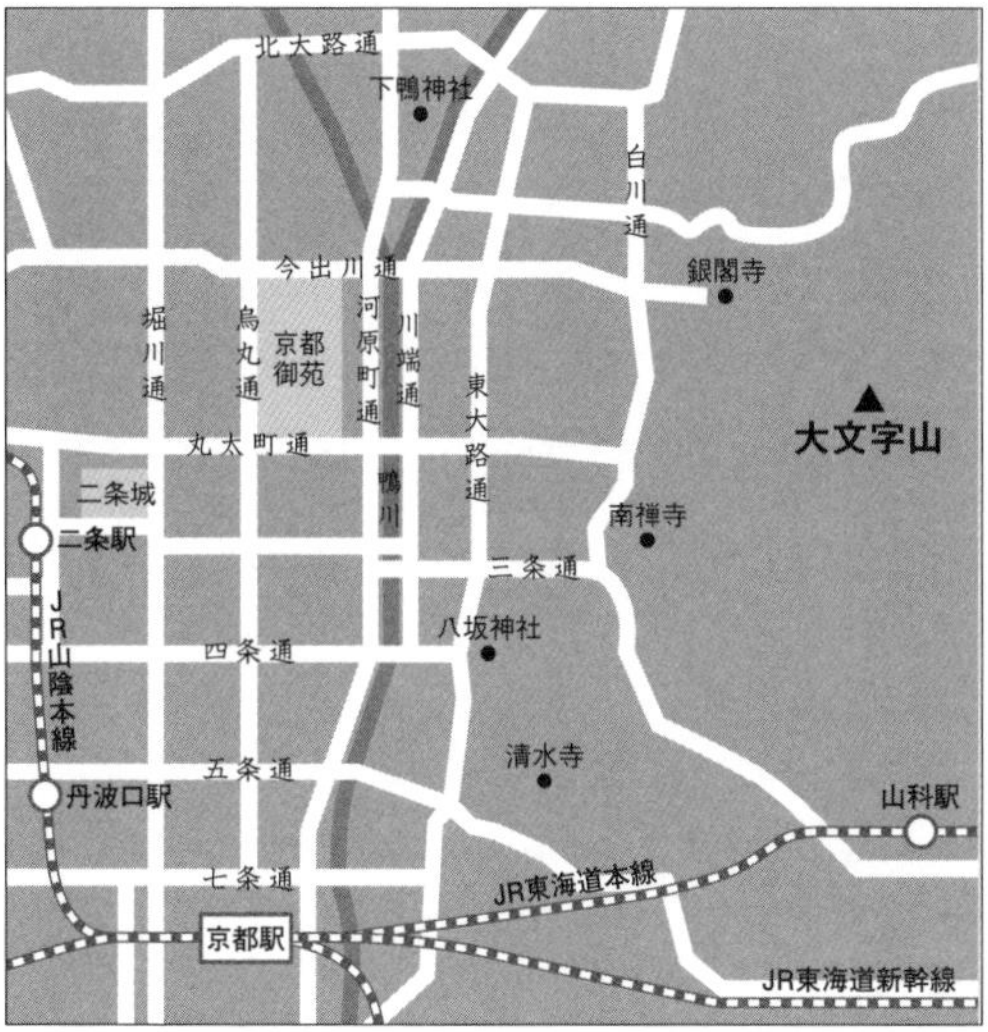

森見登美彦

(もりみ　とみひこ) 1979〜

奈良県生まれの小説家。京都大学農学部卒、同大学院農学研究科修士課程修了。2003年、大学院在学中に発表した『太陽の塔』で第15回日本ファンタジーノベル賞を受賞しデビュー。2007年『夜は短し歩けよ乙女』で第20回山本周五郎賞、2010年『ペンギン・ハイウェイ』で第31回日本SF大賞を受賞している。

『新釈 走れメロス 他四篇』
祥伝社文庫／2009年

除夜の鐘

川端康成

京都に着くと、都ホテルへ行った。宿へ音子の来ることがあるかもしれない、と大木は思うから、静かな部屋をと望んだ。エレベーターで、六七階までのぼったようだが、このホテルは東山の急な傾きに段々と建っているので、長い廊下を奥へ渡って行った先きは、一階なのだった。その廊下にそうた部屋部屋には、まったく客がないのか、しんとしていた。ところが、十時過ぎに、両側の部屋が外人の声でにわかに騒がしくなった。大木は受持ちのボーイにたずねて見た。

「二家族ですが、お子さんが両方で十二人です。」とボーイは答えた。十二人の子供たちは部屋のなかで声高《こわだか》に話すばかりでなく、おたがいの部屋を行ったり来たりして、廊下を走り、はしゃぎまわった。部屋はいくらでもあいているはずなのに、なぜ大木の部屋をはさみ討ちに、こんなにぎやかな客を通したのか。しかし、子供のことだからやがて眠るだろうと、大木はたかをくくっていたが、子供たちも旅で気が立っているのか、なかなか静まらなかった。ことに子供が廊下を走る足音は耳ざわりだった。大木はベッドから起き出してしまった。

そして、両側の部屋の外国語での騒がしさは、かえって大木を孤独にした。「はと」の展望車で、一つだけひとりで廻っていた廻転椅子が浮んで来て、それは大木の心のなかで孤独が音もなく廻転しているのを見るかのように感じられて来た。

大木は除夜の鐘を聞き、上野音子と会うために、京都へ来たのだが、音子と除夜の鐘と、どちらが主な目的で、どちらがともなう目的なのだろうかと、改めて考えてみた。除夜の鐘が聞けることは確かだが、音子に会えることは確かではなかった。その確かなものは口実に過ぎなくて、確かでないものが心底の望みなのではなかろうか。大木は音子といっしょに除夜の鐘を聞くつもりで、京都へ来た。それがむずかしくなくかなえられそうに思って出かけて来た。しかし、大木と音子とのあいだには、長い年月のへだてがある。音子は今もひとり身を通しているらしいけれども、だからと言って、昔の恋人に会ったり誘い出されたりするものか、大木にはわからぬのがほんとうではないのか。

「いや、あの女のことだから。」と大木はつぶやいたが、「あの女」がどう変ったか、その現在を大木は知らないのだ。

音子は寺の離れを借りて、女弟子《おんなでし》と暮らしているはずだった。ある美術雑誌に写真が出たのを大木も見たが、その離れは一間や二間ではなさそうな、ゆうに一戸の家らしく、画室に使っている座敷も広いようだった。庭にもさびがあった。音子は絵筆を取っている姿だから、うつ向きかげんだったが、額から鼻筋はまぎれもなかった。中年ぶとりなどはなくて、やさ肩だった。この女の生涯から、妻となること、母となることを、自分が奪ってしまったのかという呵責が、昔の思い出よりも先きに、大木にせまって来る、そんな写真だった。もちろんそれは、この雑誌の写真を見る人たちのうちで、大木ひとりにだけせまるものであったろう。音子に深い縁のない人たちには、京都に移って京都風に美しくなった女画家と見えるだけかもしれなかった。

大木は二十九日の夜はとにかく、あくる三十日には、音子に電話をかけるか、音子の家を訪ねるかのつもりだった。しかし、朝、外人の子供の騒ぎで起き出てからは、気おくれがしてそれもためらわれ、まず速達でも出しておこうかと卓に向ったが、書き出しから迷ってしまった。そして、部屋に備えつけの便箋の白いままなのを見ているうちに、大木は音子に会わなくてもいい、ひとりで除夜の鐘を聞いて帰ってもいいとも思った。

両側の部屋の子供たちの騒ぎに、大木は早く目ざめさせられたのだが、その二組の外人家族が立って行くと、また寝入った。起きたのは十一時近くだった。

大木はゆっくりネクタイをむすびながら、

「むすんであげる。むすばせて……。」と音子が言った時を思い出した。――十六歳の少女が、純潔をうばわれたそのあとで、はじめて言った言葉だった。大木はまだなにも言っていなかった。言う言葉がなかった。背をやわらかく抱き寄せて、髪をなでていながら、言葉は出ないのだった。その腕をすり抜けて、先きに身づくろいをしたのは、音子だった。大木が立ちあがって、ワイシャツを着、ネクタイをむすぼうとするのを、音子はじっと見上げていた。うるんではいるが、涙にぬれてはいない、むしろきらめき光る目だった。大木はその目をさけた。さっき接吻した時も、音子は目を開いたままなので、大木は目に唇をあてて閉じさせたものだった。

ネクタイを結んであげると言う音子の声には、少女のあまいひびきがあった。大木はほっと胸がゆるんだ。まったく思いがけないことだった。音子が大木をゆるすしるしというよりも、今の自分からのがれるためかもしれなかったが、ネクタイをもてあそぶ手はやさしい動きだった。しかし、うまくゆかないようだった。

「むすべるの?」と大木は言った。

「むすべると思うの。お父さんがむすぶのを見ていましたから。」

――その父は音子が十二の時になくなっていた。

大木は椅子に腰をおろし、音子を膝に抱きあげると、自分もあごを持ちあげて、むすびやすくした。音子はやや胸をそりながら、二度三度むすびかけたのを解いたりしていたが、

「はい、坊や、出来たわ。これでいいのでしょう。」と膝をおりると、大木の右肩に指をそえて、ネクタイをながめた。大木は立って、鏡の前へ行った。ネクタイはきれいに結べていた。大木は少しあぶらの浮いた顔を手のひらで荒々しくこすった。少女をおかしたあとの自分の顔を見ていられない。鏡のなかへ、少女の顔が歩いて来た。新鮮で可憐な美しさが大木を刺した。この場にあり得ぬような美しさにおどろいて、大木が振り向くと、少女は大木の肩に片手をかけて、

「好きだわ。」とひとこと言って、大木の胸に顔を軽く寄せた。

十六歳の少女が三十一歳の男を「坊や」と呼んだのも、大木にはふしぎなことだった。

――それから二十四年たっている。大木は五十五になっている。音子は四十のはずである。

大木はバスにはいって、部屋に備えつけのラジオをかけてみると、今朝の京都は薄氷が張ったと伝えていた。暖い冬であって、正月も暖いだろうと予報されているのだった。

大木はトーストとコーヒーだけを部屋ですませて、車で出かけた。今日音子をたずねる決心はつきかねていたから、どこというあてはなかったが、嵐山《あらしやま》へでも行ってみることにした。車から見る、北山から西山へかけて連なる小さい山々は、日のあたっているのがあったり、かげになっているのがあったりして、姿はいつものやさしい円《まる》みながら、京の冬らしく冷えさびていた。日のあたる山の日の色も弱くて夕暮れ近いように見えた。大木は渡月橋《とげつきょう》の手前で車をおりたが、橋は渡らないで、亀山公園の裾へゆく、こちら側の川岸の道をのぼって行った。

春から秋まで観光の群れで騒々しい嵐山も、暮れの三十日となると、人が見えなくて、まったく様子がちがっていた。本来の嵐山の姿がしんかんとそこにあった。淵の水はみどりに澄んでいた。筏《いかだ》の材木を川原《かわら》からトラックに積む音が遠くまでひびいた。川に向いたこちら側が、人の見る嵐山の表なのだろうが、それは日裏になっていて、川上へ嵐山が傾きさがる、その山の肩からだけ日がさしこんで来た。

大木は嵐山でひっそりひとり昼飯を取るつもりだった。前に来た料理屋も二軒あった。しかし、渡月橋にわりと近い店は門の扉をとざして休みだった。暮れの三十日に、さびしい嵐山へわざわざ来る客はあるまい。川上の昔づくりの小さい店も休みかと思いながら、大木はゆっくり歩いた。強《し》いて嵐山で食事をしなければならぬわけもないのだった。古びた石段をのぼってゆくと、うちの者はみんな京の町へ、

「出かけてますから。」と小女《こおんな》にことわられた。竹の子の季節に、鰹節で煮た、大きい輪切りの竹の子を、この店で食べたのは、なん年前だったろうか。大木はいったん岸の道におりると、隣りの店へのぼるゆるやかな石段の路で、婆さんがもみじの枯落葉を掃きおろしているのを見た。店はやっているでしょうと、婆さんは答えた。大木は婆さんのそばに立ちどまって、静かだと言うと、

「あの向い岸のお人の声がはっきり聞えるのどすえ。」

山の腹の木立ちに埋もれたような、その料理屋は厚い茅《かや》ぶきの屋根がしめっぽく古びて、

玄関は薄暗かった。玄関らしい構えではなかった。玄関の前に竹の群れが迫っていた。茅の屋根の向うに、みごとな赤松の幹が四五本高く立っていた。大木は座敷に通されたが、まるで人けがないようだった。ガラス障子の前に、赤いものは青木の実《み》だった。大木はつつじの狂い咲きを一輪見つけた。青木と竹とそして赤松とが、川のながめをさえぎっていたが、葉のすきまからのぞける淵は琅玕《ろうかん》手《で》の翡翠《ひすい》色に澄み深まって、その水は動かなかった。嵐山一帯もそのように動かなかった。

大木は炭火のきつい炬燵《こたつ》の上に両肘をついていた。小鳥の声が聞えた。トラックに積む材木の音が谷にこもって木霊《こだま》した。トンネルを出るのか、はいるのか、山陰の汽笛も山にひびきこもって、余韻がかなしげに残った。大木は産子《うぶご》のかぼそい泣き声を思い出した。——十七歳の音子は大木の子を八か月で早産したのだった。女の子だった。

産子は助かりそうもなくて、音子のそばには連れて来られなかった。死んだ時、医者は、「産婦には、もう少し落ちついてから、おしらせになった方がよろしいと思います。」と言った。

音子の母は、

「大木さん、あなたから言ってやって下さい。娘はまだあんな子供なのに、無理して産んだのですから可哀想で、わたしの方がきっと先きに泣き出してしまいますわ。」と言った。

音子の母の大木にたいする怒りもうらみも、娘のお産が来て、一時おさまっていた。大木が妻子のある男にしろ、音子がその子を産むからには、一人娘の片親の母は相手の男を責めつづけ、憎み通す力を失ったのだろう。勝気な音子よりも勝気らしい母も、にわかに気が折れたようだった。世間にかくして産ませ、また生まれた子をどうするかについても、母親は大木を頼りにしなければならぬのではないか。それに妊娠で気の高ぶっている音子は、母が大木を悪く言おうものなら、死んでしまうとおびやかすのだった。

大木が病室にもどると、音子は産婦のやすらかな、毒気の抜けた清い目を向けたが、たちまちその目に大粒の涙がもりあがって、目じりを流れ、枕をぬらした。かんづかれたと大木は思った。音子の涙は湧きあふれて、とめどがなかった。二筋三筋に流れ、一筋が耳の穴にはいりそうなのを、大木はあわてて拭こうとした。音子はその大木の手をつかんで、はじめてしゃくりあげの声をもらした。せきを切ったように泣きむせんだ。

「死んじゃったの？　赤ちゃん、死んじゃったあ、死んじゃあった。」

こう胸をもだえては、しぼりあげられて、目の涙に血も出まじりそうで、大木は音子の胸をおさえつけるように抱きすくめた。少女の小さい乳房が小さいながらに張っているのが、大木の腕にふれた。

扉の外で気《け》はいをうかがっていたか、母がはいって来た。

「音子、音子。」と呼んだ。

音子の母をかまわないで、大木は音子の胸を抱きつづけていた。

「苦しい。はなして……。」と音子が言った。

「じっとしている？　動かない？」

「じっとしています。」

大木が胸をはなすと、音子は肩で息をした。新しい涙がまた目《ま》ぶたからあふれた。

「お母さん、焼くんでしょうね？」

「………。」

「ちっちゃい子でも……？」

「………。」

「あたしが生まれた時、髪の毛が黒々としてたって、お母さんは言ってたでしょう。」

「そう、黒々としていた。」

「赤ちゃんも髪の毛は黒々と生えていたの？　お母さん、赤ちゃんの髪を少し切っておいて下さらない？」

「そんなこと、音子……。」と母は困って、

「音子、またじきに出来ますよ。」と、うっかり言って、その言葉を呑みかえすような、にがい顔をそむけた。

母親も、そして大木さえも、その子が日の目を見ないことを、ひそかに願っていたのではなかったろうか。東京の場末の粗末な産院で、音子は子を産ませられたのだった。いい病院で手をつくしてもらっていたら、あるいは赤子のいのちは救われたかもしれないと思うと、大木の胸はいたんだ。産院へ音子をつれて来たのは大木一人だった。音子の母はよう来なかった。医者はアルコール焼けした顔で、初老らしかった。若い看護婦は大木をなじるような目で見た。音子は朱色の銘仙《めいせん》のついを着ていた。肩あげを落すのも忘れてあった。

――髪の毛の黒々とした、月足らず子のおもかげが、二十三年のちの嵐山で、大木にまざまざと見えて来る、それは冬の木立のあいだにもかくれ、あおい淵にも沈んでいるかのよ

うだ。大木は手をたたいて、女中を呼んだ。客を迎える支度など今日はなさそうだから、料理のととのうのに長い時間がかかるのは、はじめからわかっていた。座敷に来た女中も間《ま》をつなぐつもりらしく、熱い茶に入れかえて、腰を落ちつけた。

とりとめない話のうちに、女中は狸に化かされたという男の話などもした。その男は、夜明けに、川のなかをじゃぶじゃぶ歩いて、

「死んでしまう、助けてくれえ。死んでしまう、助けてくれえ。」と呼ばわっているところを見つかった。渡月橋の下で、そこらは浅いのだから楽に岸へあがれるのに、川のなかをよろけ廻っているのだった。前の晩の十時ごろから、夢遊病のように山のなかをさまよい歩いて、いつのまにか川へはいっていたと、助けられて気のついた男は言ったとのことだ。

料理場から呼ばれて女中は立った。はじめに鮒《ふな》のつくりが出た。大木は少しの酒をゆっくり飲んだ。

玄関を出がけに、大木はまた茅の厚い屋根を見あげた。苔《こけ》むして朽ち、それを大木は風情を思ったのだが、

「木ィの下で、かわくことございませんよってにな。」とおかみは言った。ふきかえて十年も

たたないのに、八年ぐらいのうちに、こんなになったそうだ。その茅屋根の左の空に白い半月があった。三時半だった。大木は川岸の道におりかかって、川せみが水面すれすれに長く飛ぶのをながめた。羽根の色がよく見えた。

渡月橋のほとりで車を拾うと、大木は仇《あだ》し野《の》まで行ってみるつもりだった。無縁仏をまつる地蔵や石塔の群がりが、冬の夕暮れ近くに、無常感を味わわせるだろう。しかし、祇王寺《ぎおうじ》の入口の竹林の小暗さを見ると、そこから車をかえしてしまった。苔寺へ寄ってホテルへ帰ることにした。苔寺の庭には、新婚旅行らしい一組がいただけだった。枯松葉が苔に散りしき、池にうつる木の影が歩くのにつれて動いた。あかね色の夕日のさす東山に向って、大木はホテルに帰った。

そしてバスであたたまってから、電話帳に上野音子の番号をさがした。若い女の声は、女弟子なのか、すぐに音子とかわって、

「はい。」

「大木です。」

「………。」

「大木です。大木年雄です。」

「はい。お久しいことどす。」と音子は京風に言った。

大木はなにから言っていいのかわからない、そのむずかしい言葉をはぶいて、この電話がだしぬけであったように、相手にこだわらぬようなだしぬけな早口で言った。

「京都で除夜の鐘を聞いてみたくて、やって来たんですよ。」

「除夜の鐘を？……」

「いっしょに聞いてもらえませんか。」

「………。」

「いっしょに聞いてもらえませんか。」

「………。」

電話にしては長いこと答えがなかった。音子はおどろき、迷っているのだろう。

「もしもし、もしもし……。」と大木は呼んだ。

「お一人ですの？」

「一人です。一人ですよ。」

音子はまただまっていた。

「除夜の鐘を聞いて、元日の朝に帰ります。あなたといっしょに年を越す鐘を聞きたくて来たんです。僕もいい年になりました。もうなん年会わないでしょうか。除夜の鐘を聞きに来たというような時でないと、会いたいとも言えないほど、年月がたちましたね。」

「………。」

「明日迎えに行っていいでしょうか。」

「いいえ。」音子はあわて気味で、「わたしの方から、お迎えにうかがいますわ。八時……、早いかしら、九時過ぎにホテルでお待ちになっていて。どこかに席をとっておきます。」

大木は音子とゆっくり夕食をともにしてからと思っていたのだが、九時というと夕食後である。それにしても音子がよく承知をしてくれたものだ。遠い思い出の音子の姿が、大木に生き生きと近づいて来た。

『美しさと哀しみと』より　抜粋

解説

『美しさと哀しみと』の主人公の大木年雄は、昔の恋人である上野音子と、再会して一緒に除夜の鐘を聞きたいと思いたち、京都へとやってきます。

引用部分の後、物語の最後には、年雄への復讐を試みる音子の内弟子・坂見けい子が、ホテルへと迎えに来ます。その車に乗って年雄は、「円山公園を深く知恩院の方へ」と登って行きました。

音子は「古風な貸席の座敷」で年雄を迎え、「知恩院の鐘がいいでしょうと思って、こんなところにしました」というのでした。

「除夜の鐘」を奏でる知恩院の鐘は、高さ三・三メートル、口径二・八メートル、重さ約七十トンの大鐘です。方広寺・東大寺の鐘とともに日本三大梵鐘《ぼんしょう》と称され、一六三六年に鋳造されました。特別に大きいため、親綱と子綱を引く僧侶の十七人が、「えーいひとつ」「そーれ」という掛け声のもと、一気に鐘をつきます。除夜の鐘は百八回つかれますが、その数は、人の心を惑わせたり悩み苦しめたりする百八の煩悩を祓うためだといわれています。

日本三大梵鐘のある知恩院は、全国に七千余の寺院を擁する浄土宗の総本山です。浄土宗の開祖法然上人が晩年住み、念仏の教えを説いた寺で、一六〇三年に徳川家康が本堂の御影堂《みえいどう》を造営、一六二一年に二代将軍徳川秀忠が三門を建立して、現在の寺院が形づくられました。

国宝で日本最大級の三門をくぐって御影堂に着くと、その南東に大鐘楼が建っています。

「知恩院の鐘が鳴った。『あっ。』と一座は静まった。あまりに古寂びて、ちょっと破れ鐘のようであったが、そのひびきの尾は深くただよって行った。まをおいて鳴った」と、川端康成は「除夜の鐘」の音色について記しています。

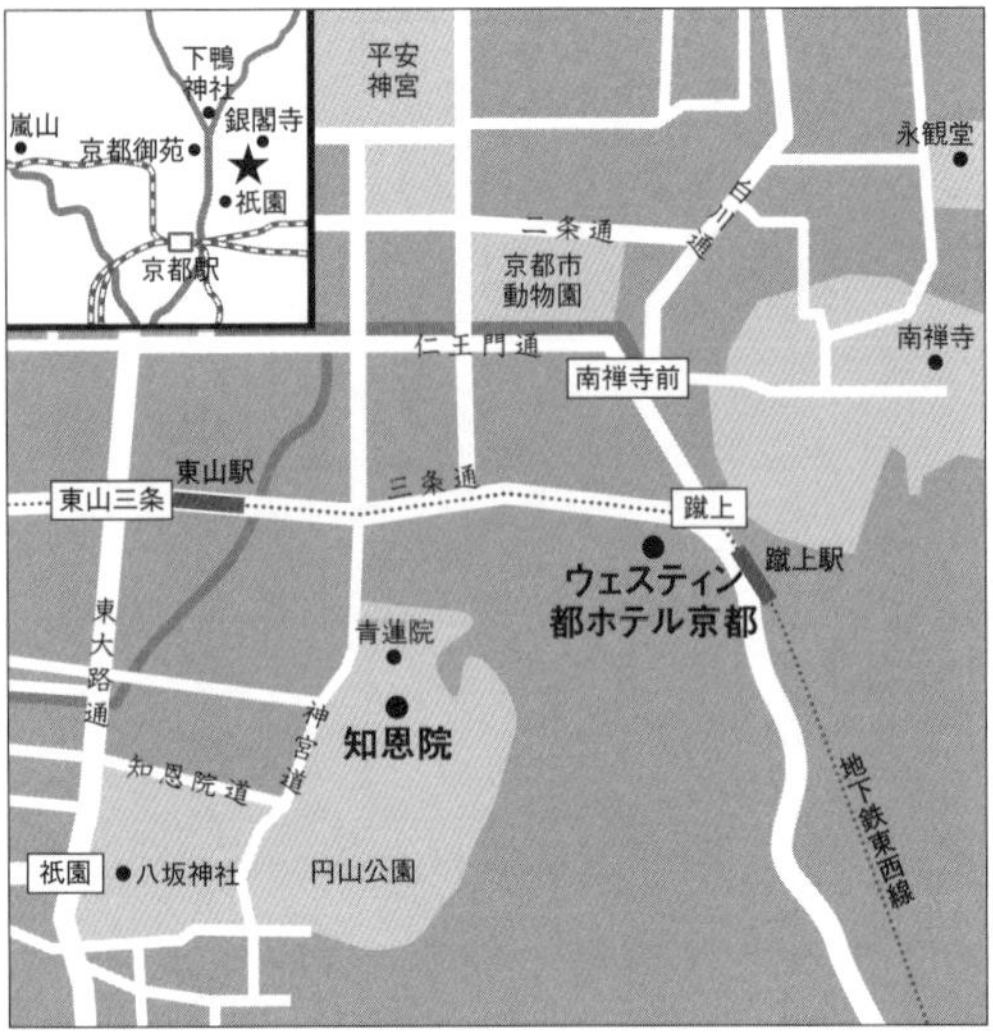

川端康成

（かわばた　やすなり）1899～1972

大阪府大阪市生まれの小説家。東京帝国大学（現在の東京大学）卒業。横光利一と共に新感覚派の代表的存在として『伊豆の踊子』や『雪国』を発表。1968年には日本人として初のノーベル文学賞を受賞する。幼くして父母や姉、祖父母を亡くし孤児となった経験が、川端文学に大きな影響を与えている。

『美しさと哀しみと』
中公文庫／1973年

大学

暗い絵

野間宏

二人は風呂屋《ふろや》の人の出入のあるほの暗い赤い暖簾《のれん》の前を曲り、銀閣寺道の市電の終点のところに出る、両側に店舗の並んだ三間道路を歩いて行った。両側の店舗はまだ起きていて、ずっと続いた硝子《ガラス》障子の内から、弱い電燈の光が流れ出て、凸凹《でこぼこ》の烈《はげ》しい、石ころの突き出た街路を照らしている。時々風呂敷包をかかえた学生や、手を着物の袖《そで》の中へ引っこめて袖を振るようにして小走りで行く近所の商人のお上《かみ》さんが、急ぎ足で二人の後から追いつき、追い越して行く。

「君のお母さん、元気かい」木山省吾が、右手をズボンのポケットから出しながら、言った。

「うん、元気だよ。この一月ほど、一寸《ちょっと》寝込んでいたらしいのだがね、もう起きられるようになったそうだよ」深見進介は上衣《うわぎ》の右ポケットから、バットの箱を取り出しながら言った。

「煙草かい」深見進介は煙草を渡し、ちらと木山省吾のよれよれの学生服姿を見た。汚れて垢《あか》じみた薄い上衣、上衣の下にはメリヤスのシャツ一枚しか着ていない。外《はず》れたホック、第一ボタンがとれ、ボタン穴がよじれて、くけ糸が切れている。上衣の袖口からメリヤス編みのシャツのたるんだ汚《きたな》い袖口がのぞいている。木山省吾の手は、バットの箱を受取りながら、何故か小さく小きざみに震えている。深見進介の右の掌《てのひら》に震える木山省吾の手が触れる。深見進介はその震える木山省吾の手が、何故か、彼の深い視覚を呼び出して来るような戦《おのの》きを感じた。不気味な、理解し難い、まるで彼の理解力、木山省吾と彼との心的な交流を断ち切るような存在を木山省吾の中に感じた。彼の眼を木山省吾の上にじっと据えさせ、そして大きく開かせ、そしてまた、じっと見つめさせるような感じである。

「へんだねえ、手がふるえてやがる、点《つ》かないや」木山省吾が立ち止って、マッチをすり直しながら言った。深見進介も立ち止ったが、近寄らず、少し遠くから木山省吾の体全体を見つめていた。膝帽子《ひざぼうし》のふくれた、だぶだぶのズボンのポケットが、ポケットに一杯、紙屑《かみくず》か何か入れているためにふくれ上っている。そして、そのズボンが今にもずり落ちそうに、上衣の裾《すそ》の下から見えている。上衣のポケットも、やはり同じように紙屑でふくれ上っている。やっとマッチがついた。ぱっとマッチの明りが、マッチに近づけた木山省吾の煙草をくわえた顔を照らした。そしてその牝鶏《めんどり》の尻尾のような髪の毛をつけた顔の上には、火のついたのを喜ぶ、子供のような無邪気な喜びが、露《あら》わに生き生きと出ているのである。深見進介はその顔をじっと見ていた。木山省吾をじっと見ながらつっ立っている深見進介の顔は、次第に生気を増し頬のあたりが緊《しま》り、少しくぼんだ眼窩《がんか》の上の瞼《まぶた》は熱をもったようにもり上り、眼球の上をうっすら涙が蔽《おお》った。そして彼の煙った視界の中に、ゆがんだ木山省吾の顔がある。

「やっと点いた。お前も吸えよ」木山省吾が煙草に火を点け終り歩き出しながら、お前という言葉を使って言った。

「おい。俺はおかしいかい。見てると」木山省吾が煙草をもった右手で左手のシャツを上衣の袖口から引っぱり出しながら言った。しかしシャツは思うようにはなかなか出てこない。

「ふん、見てておかしいと思うときがあるね」

「そうかねえ、俺自身でそう思うこともあるね。お袋もそう言うよ。おかしな子だねえって。それが何でもない時なんだよ……別に、何もしてないときにね、いうんだよ」木山省吾が言った。そして、その言葉には少し得意げな調子があるのである。

「…………」

「そうそう、お袋で思い出したが、君のお母さん、きっと君を頼《たよ》りにしてるだろうねえ。さっき言おうと思って、煙草で忘れてたよ」木山省吾が話を、家庭に戻しながら言った。

「そりゃ、してるよ」

「俺のところでも、してるんだよ」

「それで余計にこまるよ」

「そうだねえ……。俺は、親父《おやじ》なんか問題じゃないがね、あれはエゴイストにすぎんよ、エゴイズムだよ、社会だなんだって、書いてやがるが」

「君のお母さんもいい人だね、よく働くんだね、この前一度行ったときも、ミシン掛けをしてたね」

「うん、お袋はいいよ。親父と結婚したのが、間違いだったと言ってるがね。俺の家はお袋でもってるみたいなもんや……ね」

「俺のお袋もいいよ、親父とは別居してるんだよ。よく働くよ」

「…………」

「妹が足が悪いんでね。お袋も気の毒だよ……親父のことなんか、何とも思っちゃ、いないだろうが。ずっと寝てるんだよ。俺もはやく学校出て職についてお袋を助けてやろうと思ってたんだがなあ……」木山省吾は、「思ってたんだがなあ」という言葉をゆっくり発音しながら言った。二人は黙った。

木山省吾は東京の人間だった。学校は羽山純一と同じく第一高等学校であるが、羽山純一よりは二年後輩である。父は著名な著述家であり、啓蒙的な左翼思想家である。彼は父親の思想を認めないと言い、実際父親とたびたび論争をやり、最近父親が軍部と交渉があるようになってから、彼はほとんど父親のアパートには寄りつかない、母以外の女と父親との関係を恥じているのである。

二人は黙って歩いて行った。間もなく石橋を渡り銀閣寺の市電の停留場の広場に出て来た。そこは終点で五、六人の乗客をのせた電車が一台、車内の明りを、月の光が白い石畳の上に投げ、百万遍《ひゃくまんべん》の方に長く続く線路の上に止っている。二人はその電車の前を通り、線路を横切り渡って行った。二人は線路を渡り人道の上に出た。木山省吾の下宿は百万遍にあり、二人はここで別れなければならない。二人はそこに立ち止って互いに向い合い、じっと見合うようにしている。

「どうも、今夜は別れ憎いなあ」木山省吾が深見の方に顔を寄せながら靴の底を立て、靴の甲の外側で立つようにして言った。

「ひとりになるのはさびしいなあ」

「…………」深見進介も別れにくい気持だった。二人はしばらくそのまま突っ立っていた。

「まあ、今夜は君のところへとまり込むのはやめとこう。とにかく帰るよ」木山省吾が言った。

「そうか。そうするか」深見進介が言った。

「じゃあ失敬。今度の集りには出るね」木山省吾が言った。

「うん、出るよ」深見進介が言った。

「失敬」「失敬」二人が同時に言った。木山省吾は思いきったように、廻れ右をして、急ぎ足で歩き始めた。深見進介は、なおもそこに立ったまま、木山省吾の後姿を見ていた。木山省吾は振り返ることなく、速い歩調で歩いて行った。深見進介は、木山省吾の小さくなって行く後姿からようやく眼を離し、左へはいる下宿への道を、月の光を肩と背にあびながら歩いて行った。

『暗い絵・崩解感覚』より　抜粋

解説

詩人で小説家の野間宏は、一九一五年二月二十三日兵庫県神戸市に生まれ、京都の第三高等学校を経て一九三五年に京都帝国大学仏文科へと進学しました。『暗い絵』は、野間宏が大学時代に経験した社会活動や人間関係を背景にして書かれた作品だといわれています。作中に出てくる「百万遍」は、京都大学の目の前にある知恩寺の通称で、交差点の名前にもなっています。その近辺に下宿している木山省吾とは、野間宏の友人がモデルだといわれています。

『暗い絵』は、小説として書かれたフィクションです。しかし、作品に登場する「近衛声明」や様々な出来事からみて、一九三七年か一九三八年の十一月中頃の晩秋の一日を描いていると思われます。

このころ日本は、一九三七年七月七日に盧溝橋で起きた発砲事件をきっかけに、中国と戦闘状態に入っていました。この事件の後、日本軍は、中国だけでなく東南アジアから太平洋に進攻し、戦争は第二次世界大戦へと拡大していったのでした。

この時代に学生だった野間宏とその仲間たちは、どのような状況の中で、大学生活を送っていたのでしょうか。

日本が戦争への道を歩みはじめたころ、京都では文化人たちの作る『世界文化』、国際情報を伝える週刊誌『土曜日』、京大生による『学生評論』などが刊行されていました。こうした雑誌は、戦争に抵抗する社会運動とも結びついていました。

一九三七年十一月、『世界文化』と『土曜日』の同人が一斉に検挙されます。続く一九三八年六月には、『学生評論』を中心にした京大生たちも検挙されます。この時に検挙された学生たちの多くは、留置所や刑務所で獄死したのでした。その中には、野間宏の友人も多く含まれていました。

『暗い絵』とは、こうした暗黒の時代の大学生活の中から生まれました。

野間宏

(のま　ひろし) 1915～1991

兵庫県神戸市生まれの小説家・詩人。京都帝国大学(現在の京都大学)卒業後、市役所に勤務するが、第二次世界大戦に召集される。1943年、思想犯として刑務所に入れられた。1946年、青年時代の体験を文学的に表現した『暗い絵』でデビュー。1989年、文学への貢献を認められ、1988年度朝日賞を受賞した。

『暗い絵・崩解感覚』
新潮文庫／1955年

鴨川ホルモー

万城目学

「そんな熱い目線を送っていると訴えられるよ」

高村の声に俺は我に返り、女子ラクロス部のレディたちから慌てて視線を外した。

「安倍《あべ》は、菅原《すがわら》さんが河原で話していたこと、どう思った？」

「ホルモーがどうだかって話か？」

「そう、ホルモー」

「信じられるわけないだろう。あんな無茶苦茶な話」

「どのへんが？」

「どのへんって……」

俺は呆れた思いで、高村の顔を見つめた。間抜けな言動の多い男ではあるが、決して頭は悪くないと思っていた。だが、それもこれも、俺の勝手な買いかぶりだったか。

「そんなの、全部に決まってるだろう。鬼だか、式神《しきがみ》だかを使って、互いに争う？……あり得んだろう。それ以外、どうコメントすればいいか、俺にはわからないね。じゃあ、逆に訊くが、お前はあの話のどこらへんをほじって、信憑性を見出したんだ？」

あの夜、喧騒まみれる四条河原にて、「宵山協定のため、これまで教えることができませんでしたが」と前置きして、スガ氏はおもむろにホルモーについての説明を始めた。曰く、ホルモーとは十人と十人で対戦を行なう集団競技のようなものである。曰く、対戦に際しては、幾多の式神や鬼を用いる。曰く、なかなか言葉では内容を伝えにくいが、戦国時代の合戦図屏風などに描かれている、わらわらとしたイメージを思い浮かべてくれればよい、等々。

「あんな話、どう考えたって正気の沙汰じゃない。あれを信じるくらいなら、俺は南米謎の吸血動物チュカパブラの存在さえ熱く信じる」

高村は俺の刺のある言葉には応えず、立ち上がると近くに停めてあった自転車のカゴから、橙色のリュックサックを持って戻ってきた。

「実は図書館で調べてきた」

「何を？　古い本を調べたら、ホルモーのことでも載ってたか」

「そんなもの載っているわけないだろ。そのくらいは僕だってわかる」

馬鹿にしないでくれ、と言わんばかりに頬を膨らませ、高村はチラリと俺を睨んだ。

「名前だよ。名前」

「名前？」

「京大青竜会、京産大玄武組、立命館白虎隊、龍谷大フェニックス——ウチの名前も含め、どれもちゃんと理由があるんだ」

「理由？　あのセンスの悪いネーミングにわざわざ理由？」

「そう、理由」

高村はリュックのなかから、一冊の本を取り出した。

「これは陰陽道《おんみょうどう》に関する本なんだけど」

「だろうな、タイトルに書いてある」

「大学図書館にあった、律令制における陰陽寮《おんみょうりょう》の官僚機能を研究した、れっきとした学術書だから。念のため」

何を念押されたのか、俺にはよくわからなかったが、とりあえずうなずいておいた。

「ここをちょっと見て」

付箋を貼った箇所を広げ、高村はそのぶ厚い本を渡してきた。ページをのぞくと、右端の「陰陽五行説《おんみょうごぎょうせつ》」という小見出しがまず目に入った。

「この図なんだけど」

高村が指差す先には、単純な円と線で図形が描かれていた。円のなかには、ビリヤードの玉のように漢字が一文字ずつ入っている。円の数は全部で五つ。〝土〟という一字が入った円を中心にして、あとの四つはコンパスの方角のように上下左右に、上から時計回りに〝水〟〝木〟〝火〟〝金〟の順に配置されていた。

「これはいにしえ、中国からもたらされた陰陽五行説を図にして表したものなんだ。万物を陰と陽で表す陰陽説と、この世の森羅万象を木火土金水の五つの作用によって説明する、五行説を習合したものが陰陽五行説なんだ」

てきぱきとした口振りで、高村は説明を始めた。何やら小難しそうで、運動した後には少々食い合わせが悪そうな話だったが、仕方なく俺はその説明を聞いた。

「この木火土金水の五行には、さまざまな要素が付加される。例えば、五方《ごほう》。五つの方角という意味だけど、この場合、この図のとおり〝水〟が北、〝木〟が東、〝火〟が南、〝金〟が西、〝土〟が中央を指すことになる。さらに五色《ごしき》。この場合は〝水〟が黒、〝木〟が青、〝火〟が赤、〝金〟が白、〝土〟が黄ということになる。他にも季節やら、星やら、内臓やら、性格やら、ありとあらゆるものが木火土金水の五つに配分されるんだ――どうだい？」

どうだい、などと唐突に返されたところで、俺には高村が占いの勉強でも始めるつもりなのか、といういたって平凡な感想しか浮かんでこない。

「僕が占いでもやるつもりかと思ってるだろ」

「見事だ、高村」

俺は潔く己れの平凡を認めた。

「僕が言いたいのはこういうことなんだ」

高村は足元から鉛筆ほどの小枝を拾い上げると、砂っぽい地面に何やらせっせと絵を書き始めた。否。どうやらそれは地図らしかった。

「これは京都市の地図」

「これが鴨川《かもがわ》。東側のここが京大」

「北のここは京産大。上賀茂《かみがも》神社はすぐ南のこのへんで」

「これは今出川通《いまでがわどおり》で、しばらく西に行ったこのあたりが立命館大」

「少し南になるけど、ここが龍谷大」

川や通りの名を読み上げながら、高村はそれらを地面に書きこみ、最後に各大学の場所に落ちていた木の葉を置いた。

「どう？　だいたい御所あたりを中心にして、北に京産大、東に京大、南に龍谷大、西に立命館大という配置になっているだろ？」

高村は京都御所付近に飲み干したアルミ缶を置き、四方の木の葉を指差した。

「少々、東に寄りすぎている気もするけど、まあ、そうかな」

「これにさっきの五行をあてはめる。すると、北の京産大は〝水〟だから、五色では黒になる。東の京大は〝木〟で、五色では青。同じように、南の龍谷大は〝火〟で赤。西の立命館大は〝金〟で白になる。どう？　四条烏丸交差点でのことを、思い出さない？」

「ああ――」

俺はようやく高村が言わんとすることを理解した。俺の脳裏に、二日前の四条烏丸交差点の風景が、鮮やかに蘇った。交差点の北口から現れた黒の浴衣の京産大、西口から現れた白の浴衣の立命館大、南口から現れた赤の浴衣の龍谷大、そして東から交差点に向かった我々、青の浴衣の京大青竜会《きょうだいせいりゅうかい》――。登場の方角、浴衣の色、どれもが、高村が〝五行〟をもとにあてはめたとおりだった。

「ど、どういうことなんだ?」

「理由はわからない。でも、これでぜんぶ説明できてしまうんだ」

「じ、じゃあ、名前も……?」

「それもちゃんとある」

少なからず動揺する俺をなだめるように、落ち着いた声で高村はうなずいた。

「青竜、朱雀《すざく》、玄武《げんぶ》、白虎《びゃっこ》。これを四神《しじん》と呼ぶ。黄竜《こうりゅう》を入れて五神とも言うらしいけど」

「それなら、知ってる。キトラ古墳の内壁に描かれていたやつだろ」

「そう、それ。四神図も、それぞれ描くべき方角がちゃんと決まってるんだ。それが〝東の青竜、南の朱雀、西の白虎、北の玄武〟」

「あのとき――スガ氏が変な声で歌っていたやつか」

高村はこくりとうなずき、再び枝を手にすると、各大学の位置を意味する木の葉を一枚ずつ、順番につついていった。

「方角に合わせて四神を配置すると、北の京産大玄武組、西の立命館白虎隊、南の龍谷大フェニックス……朱雀ってフェニックスのことなんだね。そして最後に、東の――」

「京大青竜会」

二人の声が気味が悪いくらいぴたり一致した。

何やら胸のあたりで、ざわざわと落ち着かぬものが蠢き始めていた。

気がつけば、それまでさんざん喧しくしていた油蝉が、ぴたりと合唱をやめていた。ステッキを手にパス&ゴーの練習を始めた、女子ラクロス部のレディたちの声が、ずいぶんと近くに聞こえた。

「冗談にしては、凝りすぎていると思わないかい?」

「でも――」なぜか守勢に立たされているような現在の状況に、苛々したものを感じながら、俺は無闇に言葉を探した。「たとえ、お前が言ったような理屈で名前をつけていたとしても、それはそれ。ただそれだけのことだ。スガ氏のホルモーの話とは別だ」

「じゃあ、何のために、どの大学も、わざわざあんな浴衣を着て、四条烏丸に来た？　ホルモーというものがあって、さらにホルモーを互いに競う四つの集団がいる、と菅原さんは河原で言った。それが、菅原さん一人の勝手なハッタリならわかる。でも、四条烏丸交差点には本当に三つの大学の人たちが来ていた。わざわざ色違いの浴衣まで着て。色だけじゃない。背中には、玄武と白虎と朱雀まで、しっかり描かれていた。何のためにこんな凝った衣裳を用意する必要がある？　まあ、百歩譲って、他の大学の人たちが、菅原さんのお願いを聞いて、僕たちを驚かすためだけに、あの時間に四条烏丸に現れたとしようよ。でも、その後の宴会は？　他の大学の人たちも当たり前のようにホルモーのことを話していた。僕たちと同じように、新しいホルモーをするメンバーだとか言って、新入生まで紹介していた。明らかに、自作自演にしちゃあ……変だろう？」

「確かに——確かにホルモーというものは存在するんだろうよ。それは俺も渋々ながら認めよう。だが、ホルモーについての内容を、スガ氏の説明そのままに信じるってのは、どうかしているぞ。鬼や式神を使って、戦争ごっこだぞ？」

この指摘にはさすがに、高村も言い返すことができないようだった。

「まあ……それは――そうだね」

高村は眉間に皺を寄せしばらく考えこんでいたが、

「ちょっと、これも見てよ」

と、俺の太ももの上から本を取り上げ、別のページを広げると、再び戻してきた。目を落とすと、そこにはカラー写真で「安倍晴明像《あべのせいめいぞう》」というタイトルの絵が大きく写っていた。

「これは、かの有名な陰陽師《おんみょうじ》安倍晴明ではないか」

「あ、やっぱり、有名な人なんだね」

「そうか、LAっ子が安倍晴明なんて知るわけないものな。お前も結構、あれこれ大変だな」

「いや、その都度、ちゃんと調べようという気になるから、それは別に構わない」

そのポジティブ姿勢に、俺が少なからず感銘を受けている間に、早くも高村はレクチャーを再開した。

「陰陽師とはそもそもが、陰陽寮の役職名だったんだ。安倍晴明も陰陽寮の一役人で、実際に安倍晴明の名が史書に現れるのは、晴明が四十歳になってからのことで、結構下積みが長かったみたい。ここ、この右下に変なのがいるだろ」

絵の中央には、一人の烏帽子《えぼし》をかぶったヒゲ親父が、昔の絵巻物にありがちなゆるゆるとした衣裳を身に着けて、足の短い台の上に胡坐《あぐら》をかいて座っていた。これが史上最強の陰陽師として名高い、安倍晴明公らしい。正直言って、あまりハンサムではない。その晴明公の右下に、確かに高村の言うとおり、変なのがいた。

「何だこの小さいおっさんは」

「それが式神らしいよ」

「これが式神か……。陰陽師が紙きれにふっと息をかけたら、むくむくと現れるやつだろう」

「そう。主人の命令にしたがって、相手を呪ったり、相手に情報を伝えたり、主人を守ったり、変幻自在の働きをしたとか」

「ううむ……それにしても、気の毒なくらいにブサイクな顔だな」

俺はページに顔を近づけて、しげしげと式神を観察した。松明《たいまつ》を掲げ、両膝をつき、晴明公の手前に控えるその顔は、いかにも妖怪めいたおっさん造り。背丈はおそらく、大人の腰あたりまでしかないだろう。

「これを使ってホルモーをする、と言うんだろ？　どう考えても冗談だろう。こんなの連れて歩いてみろ、そこらじゅう大騒ぎだ。京都府警機動隊がすっ飛んでくる」

「でも、これは普通の人には見えないんだ。鬼の語源を知ってる？　〝鬼〟は〝隠〟が訛ったもので、隠れて姿を現さないものという意味から来ているんだって。ちなみに、昔は〝神〟という字も、オニと読むことがあったらしい。要は昔は、神様も鬼も、目には見えない何か特別なものとして、一緒に考えられてたってことだね。だから、ホルモーだって、普段は見えない何かを使ってするものなのかな——なんて、ふと考えたりもしてみた」

やたら思慮深げな顔で自説を展開する高村だったが、俺の白けた視線に気がつくと、「やだなあ、そんな顔しないでよ。考えてみただけだって」と、愛想笑いでごまかしながら、そそくさと本をリュックにしまいこんだ。

「今度の例会でスガ氏に訊いてみたらいい。何言ってんの、そんなの冗談に決まってるっしょー、とか、やっこさん、平気な顔して言いそうな気がする」

「ああ、何だか、それ、ありそうだなあ」

リュックのファスナーを引きながら、高村はむふふと笑い声を上げたが、

「でも、菅原さんがまるで本気だったら？」

と、急に声を落として、俺の顔をのぞきこんだ。

「だから、お前――」

そろそろ怒りすら感じながら高村の言葉を否定しようとして、ふと俺は、四条烏丸交差点で、正面から浴衣を着た集団が現れたときに感じた、あの何とも言えない、驚きと不安が入り交じった感覚を思い起した。「今宵、ホルモーをともに競う四つの集団が、四条烏丸交差点にて集う」ことを、スガ氏が四条河原で宣言したとき、これまたスガ氏もスケールの大きな冗談を思いついたもんだ、と俺はハナからその話を信じようとしなかった。ところが、四条烏丸交差点には、スガ氏の言うとおり、他の大学の面々が大真面目な顔をして現れた。あのとき感じた、えも言われぬ不安。それは、こうしてホルモーを行うという四つの集団が本当に実在するのなら、スガ氏の言うホルモーそのものも、ひょっとしたら存在するのではないのか、という怖れにも似た感覚だった。

鬼や式神を使って争い事をするというホルモー。

それを競い合う四つの大学。

「――そんなもの、あるわきゃない」

俺は強くかぶりを振った。

だが、得体の知れぬざわめきが、胸のあたりでいつまでも轟いたままだった。

『鴨川ホルモー』より　抜粋

解説

京都府には、大学が三十三校、短期大学が十五校と合計四十八もの教育機関があります（二〇一二年現在）。この数は、人口十万人当たりの大学・短期大学数では全国第一位を誇っています。

繁華街や駅前のどこもが学生たちでにぎわっているる京都は、千二百年の歴史と伝統を誇る古都であると同時に、アカデミックな活動が盛んな大学都市でもあります。

『鴨川ホルモー』は、京都大学に入学した主人公の安倍が、「京大青竜会」という怪しげなサークルに勧誘され、京都を舞台に鬼や式神を使って争う謎の競技「ホルモー」に参戦することになる経緯を描いています。

「ホルモー」とは陰陽道の考え方が取り入れられた競技で、各大学のサークル名やチームカラーは古代中国の世界観の一つ、陰陽五行説の中の四神に由来しています。地図上では京都産業大学が北、龍谷大学が南、立命館大学が西、京都大学が東にほぼ位置していますが、方位の神「四神」では、北が玄武で黒、南が朱雀で赤、西が白虎で白、東が青竜で青と決められています。

主人公の名前である安倍とは、平安時代に活躍し、鎌倉時代から明治時代初めまで陰陽寮を統括していた安倍氏の祖先で陰陽師の安倍晴明から付けられたと思われます。陰陽寮は、国の機関として天文や気象の観測、暦の作成、時刻の測定などとともに、世の中の吉凶や禍福を占ってきました。

今も堀川通に面した「晴明神社」には、多くの参拝客が訪れています。晴明神社は安倍晴明の屋敷跡です。晴明が亡くなった後、一〇〇七年に、みたまを鎮めるため創建されました。
『鴨川ホルモー』は、陰陽五行説を基に体系化していった日本の陰陽道を下敷きに、京都の大学の方位を重ねながら、大学生たちの競技に懸ける青春群像を描いている作品です。

万城目学

（まきめ　まなぶ）1976～

大阪府生まれの小説家。京都大学法学部卒業。一度就職したが、作家になる夢をあきらめられず退職し、上京。2006年『鴨川ホルモー』で第4回ボイルドエッグズ新人賞を受賞しデビュー。2009年『プリンセス・トヨトミ』で第141回直木賞候補となる。同作は2011年に映画化された。

『鴨川ホルモー』
産業編集センター／2006年

『鴨川ホルモー』
角川文庫／2009年

海

天の橋立

中勘助

短い滞在の日が過ぎ節子さんは子供をおいてこの宮津へ、私は野尻の島へ。またもや音信不通。震災の時から私は上の姉の家と絶交したのでさぞかし中傷があるだろうと思っていた。爾来《じらい》数十年、そのあいだに私の家庭争議の相手だった親兄弟親戚たちは皆亡くなった。そうして夢想もしなかった節子さんからの最近の音信により曽《かつ》ての中傷誤解もとけ改めての再会を節子さんは望んでるように推測された。そこでこの再会となった。が、今度の再会はあまりにも淋しかった。私は七十四歳、生死の境をさまよった重病の後である。節子さんも八十をこして同様に重病の後、しかもまだ全治しきらないらしい。曽ては若い頃の思い出を語り合えばすくなくとも胸の裡にはそれが如実に再現される喜びがあった。ところが今は二人とも肉体的容姿的にそうであるようにもはやいかなる意味、いかなる程度に於ても過去は見出されず、また蘇らない。それはどうにも手のとどかぬ遠い遠い処にある。二人ともそれをかすかに眺めやりながらはかなくも懐しみあこがれて語りあっている。そこから救いがたい憂愁が湧いてくるのであった。

いくとせ帳《とばり》をここにあげまきの昔を今になすよしもがな

節子さんがちょっと夕飯の指図かなにかに台所のほうへ立った間に私たちは炬燵ごしに小声に相談して町の見物に出ることにした。見たい訳ではないけれど休みなしの長話があとで節子さんの体に障ってはと懸念したからだ。私たちは出た。あてもなく門前の川についていってそれとは直角に港へ流れ込む川の岸へ出た。何羽かの海猫が狭い川筋を上下してあさってるのを家内はれいの子供らしい興奮を見せて眺めている。鳴いてるというがきこえない。海岸へ出た。遠すぎもせず近すぎもしないあたりに橋立がすこし雨に煙って横《よこた》わっている。初めて見る橋立は珍しくもあり気持がよかった。雨天のせいか湾内に舟の影もなく静かなのがなによりである。綺麗にぬられた楼《やぐら》造りの遊覧船が数町はなれた船着き場に美しい水鳥みたいにもやっている。細長い本州のこちら側には栄えた港が少いし、殊にこの辺ではここに及ぶものはないであろう。あの民謡は誰が歌いだしたかしらないが近郷近在から野こえ山こえ、または海岸の石ころづたいにこの伝説の国めいた可愛らしい港町へきて遊んだら縞の財布がからになったでもあろう。おりおり蝙蝠傘《こうもりがさ》をつぼめるぐらいの霧雨のなかに佇んで暫く眺めを楽しんだあげくまだあまり時がたたなくて節子さんの休養にもならないと思い向きをかえて町のほうへゆく。相当な商店が並んでるけれど珍しい物も昔を偲ばせる物もない。疲れて興奮性の飲み物がほしくなったし、もう少し暇をつぶすためにとある大きな店でカフェーを尋ねた。店の人は　喫茶だけの家はちょっと　と思案の末　この道をまっすぐいって左へ曲って少しゆくと右側に一軒ありますから　と教えた。礼をいってそのとおりゆく。人のいない銀座裏という趣の狭い通だ。あった。はいったら薄暗いけれどきちんと整頓された店に一人の客もない。静かでいいとはいうものの寒ざむとした感じだ。と見ると　ヌード・スタヂオ　と片隅に書いてある。ギョッとしたがさりげなくはじっこの席につく。ウェートレスが出てきた。私はコーヒー、家内は紅茶を注文する。主人かとみえる五十恰好のちゃんとした服装をしたのが現れて落着いていれはじめた。見たところ頼もしげだ。ウェートレスがレコードをかけた。

大衆向ジャンジャラかと思ったら頗《すこぶ》る本格の音楽だった。いささか狐につままれたかたちで神妙にきいてるところへ茶とコーヒーがきた。紅茶は知らない。コーヒーはなかなか結構で東京のいいかげんなのよりいい。腕におぼえかもしれない。帰って話したらその辺はもと遊郭のあった処とのこと。バーも何軒かあったようだ。夜は賑うのかもしれない。風呂の支度ができていた。

入浴後茶の間の同じ席で晩餐。名物の蟹、鯛の煮付、山椒の佃煮、山椒味噌、いさざの酢のもの等。節子さんはいさざ——鯊《はぜ》——がこのへんの特産で、そのぬめっこいのを嫌う人もあるという。私には結構だ。蟹も結構、山椒味噌も結構。偶然私好みのものが揃ったが酒は歯の治療直後ゆえ辞退。食事中も食後も思い出話は尽きない。そのあいだに家内が数年前最初の旅行のときある人のお誘いで保津川下りをしたことをいいだしたら節子さんは言葉をはさんで それは誰それという方ではありませんか といった。そこで三方とも各夢にも知らなかったまるで因縁話にこしらえたみたいなお互の不思議な結びつきが初めてわかった。話は絶えなかったけれど思いなしかそれはいつとなくなんとなく湿ってくる。節子さんはしんみりとして 失礼ですがあなたを弟のように思います といった。これが小石川のあの部屋で、あの時に、あの子にいわれたならば！

五十年老いてあへる日たまゆらのむかしがたりは侘しかりけり

九日

この朝だったか節子さんは細ごまと書かれた家に関する記録を出してきて見せた。いちいちゆっくり読んでる暇がなかったがどうとかいう時の陣形かなにかを描いたものもあった。青山の姉の家でその頃はまだ健在だったこちらのお年寄の床几《しょうぎ》に腰かけた甲冑姿《かっちゅうすがた》の写真を見た記憶もかすかにある。この藩の立派ないわゆる鎗《やり》一筋の家柄とみえる。その記録のなかに節子さんの夫君が日露戦争の末期に乗っていられた哨戒船信濃丸が感状を受けたというめでたい報告の手紙もあった。古い事で自信はないが記憶に誤りがないとすればこれはバルチック艦隊が対馬《つしま》海峡へきたとき大胆不敵に執拗な接触をつづけ当時甚だ幼稚だった無電で敵状を詳細本隊に報告したという血腥《ちなまぐ》さささのない武勇談で、ロシアの士官の書いた戦記にも載っていた。そのじぶんはまだ五つ六つの子供だった家内に私は　これは大変な事なのだよ　といってきかせる。節子さんは嬉しそうにした。

お別れとあって今日は炬燵のあいた一辺に坐り仲間入りをした×子さんはお母さんの胸のうちを察して橋立の見物をやめてほしい口ぶり、私どもも同じ思いゆえそれはこの次のことにして話しつづける。もう一日　と口ぐちにひきとめられるけれど、こちらも山やまながら東京の家の都合が許さず、京都での招待その他もあり、後ろ髪をひかれる思いで午後たつことにきめる。家内は炉辺で節子さんの写真をとる。それがはからず悲しい記念となった。時は無慈悲に刹那もとどまらず過ぎてゆく。

午後。私たちがきのうそこに迎えられた玄関の土間へおりて最後の——本当に最後になった——挨拶をした時に節子さんは上り端に坐って力なく、しかしはっきり　淋しゅうございます　といった。真情をこめた言葉だった。私は上体を屈めて節子さんのほうへ顔を近づけながら　またお目にかかりましょう　といった。これも真情だった。私たちはそのようにして別れた。

帰京後私はどんな礼状を出したかおぼえていない。ただ　京都へ越されたら下駄にお灸《きゅう》をすえられるほどお邪魔をする　と書いたのに対して節子さんは　この秋は——とあった。それまでには京都へ引移るつもりであり、私の旅行の予定は来春だということを忘れたのか、ひょっとするとおぼえていながらこの秋を望んだのだろう。——箒を立てるまでゆっくり来てほしい　と書いてあった。そしてその後二日?たって訃報がきた。私たちの長い交渉——というよりはむしろその中断の一生だったが——は突然に切れた。節子さんは八十一歳で亡くなった。幸福な結婚をして五男二女の子福者であった。

雁《かり》がねの別れをいとどうの花のさくをもまたで逝きし君はも
今日けふと君待たすらんかの岸にわたりぞゆかん天の橋立

『中勘助全集第十二巻』より　抜粋

解説

『天の橋立』は、晩年を迎えた中勘助が、少年の日にあこがれていた姉の友人の面影を追って、宮津《みやづ》の海を訪ねたときの随筆です。

宮津の海とは、京都の北にある丹後半島の東側に広がる若狭湾のことです。若狭湾には古くから港が多く、しかも京都に近かったため、たくさんの海産物が京都へと運ばれました。

宮津は若狭湾に面した湾口都市で、市の中心には若狭湾の西端にあたる宮津湾が広がっています。天橋立《あまのはしだて》は、宮津湾と内海の阿蘇海を東西に隔てている全長約三・六キロメートルの砂州《さす》で、松島、宮島と並ぶ「日本三景」の一つとされています。一帯には約八千本の松が生え、東には白い砂浜が広がり、白砂青松の姿を今にとどめています。

『丹後国風土記』の逸文によると、伊射奈芸命《いざなぎのみこと》が天に通うための梯子を作ったため「天の椅立《はし》」といったそうですが、伊射奈芸命が寝ている間に梯子が倒れて、現在の姿になったと伝えられています。

古くから奇勝・名勝として知られ「百人一首」にも登場しますが、日本三景の一つとして全国に知られるようになったのは、一六八九年に刊行された貝原益軒の著書『己巳紀行《きしきこう》』からだといわれています。

天橋立は、一九五二年十一月二十二日に国の特別名勝に指定され、現在は、丹後天橋立大江山国定公園の指定区域となっています。しかし近年、浸食により縮小し、消滅の危機にあるといいます。戦後、河川にダムなどが造られ、山地から海への土砂供給量が減少したため、天橋立への土砂の堆積が減少し、浸食バランスが崩れたことなどが主な原因ではないかと考えられています。

天橋立がある宮津市は、京都府内では京都市・宇治市に次ぐ三番目の観光地で、毎年夏になると、多くの観光客や海水浴客でにぎわっています。

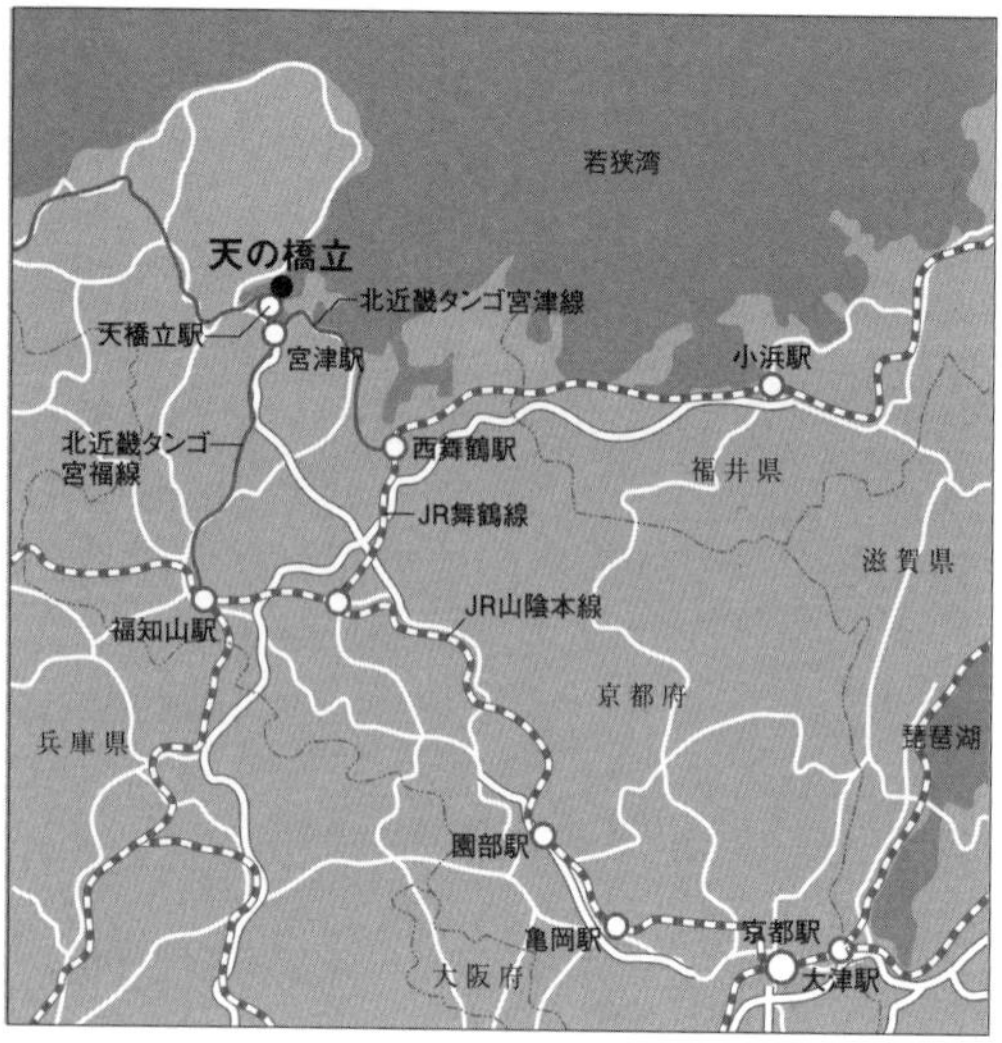

中勘助

（なか　かんすけ）1885～1965

東京都千代田区生まれの小説家。1902年第一高等学校第一部に入学。翌年、イギリス留学より帰国した夏目漱石が第一高等学校に就任。漱石には、東京帝国大学（現在の東京大学）の英文科に進んでからも教えを受けた。1913年、漱石の推薦により『銀の匙』が東京朝日新聞に掲載される。

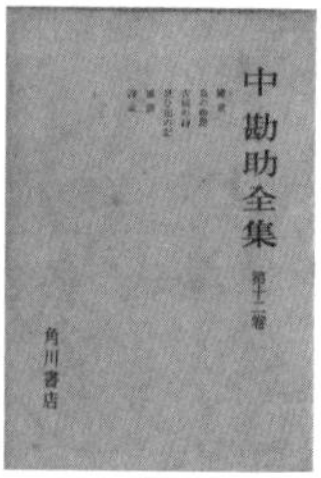

『中勘助全集 第十二巻』
角川書店／1963年

「食魔」岡本かの子（58ページ〜64ページ）注釈

★1　後董《ごとう》＝禅寺において、前にいた住職の次に来た僧のこと。

★2　法帖《ほうじょう》造り＝書の名跡を石や木にうつして彫って、それをとった拓本を、学書や鑑賞のための折本にすること。

★3　蟬翅搨《せんしとう》＝蟬の羽のように、淡い墨色でとった拓本のこと。

★4　烏金搨《うきんとう》＝烏の羽のように、濃い墨色でとった拓本のこと。

★5　参差《しんし》＝長いものや短いものが入り交じって、ふぞろいなこと。

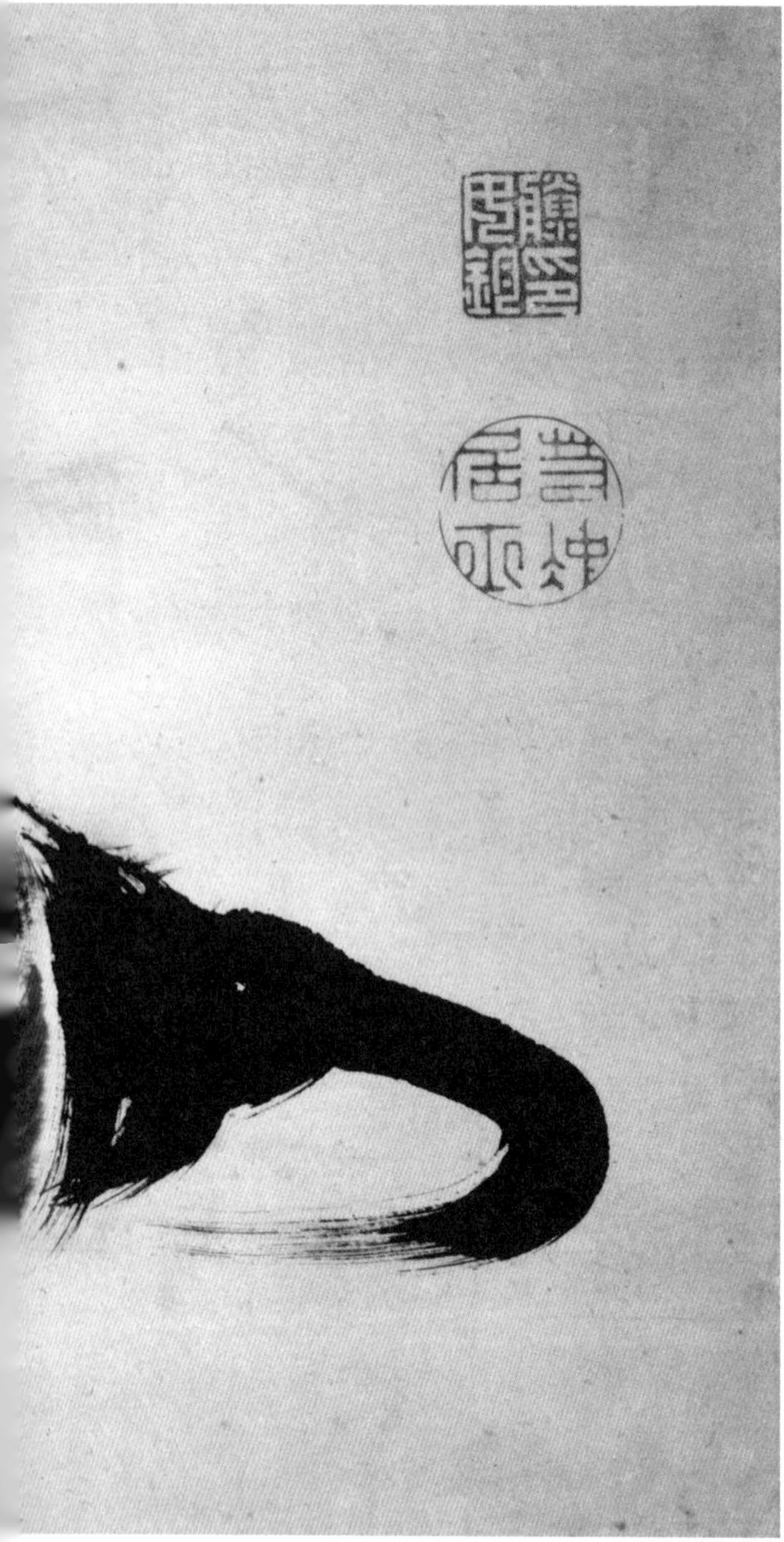

監修者あとがき

真銅正宏

京都を舞台にした文学作品は実に多い。本巻については、作品を探し出すことより削減することに苦労した。固有名を中心に京都という土地の魅力をまんべんなく伝えることと、文学作品そのものの魅力の開示という、やや相矛盾する条件間の葛藤に加え、枚数の制限があり、いわば三次方程式を解かねばならず、難しい作業だった。

その過程で、改めて、作中に土地を描くことにはさまざまな方法と効果があることに気づかされた。

京都には神社・仏閣をはじめ歴史的な建造物が多く存し、また名園や名庭もあり、山や川などの自然がこれらを取り囲んでいる。都市には神社・仏閣などの門前に花街や芝居小屋などのいわゆる「悪場所」が発展することが多いが、京都においても八坂神社には祇園町と南座とが隣接している。北野天満宮の近くには上七軒がある。

また、先斗町や宮川町、木屋町などの繁華街は、鴨川と高瀬川に沿って拡がっている。セーヌ川、テームズ川、隅田川など、川が都市の魅力の一端を担う例は多い。

さらに、東山、北山、西山という言葉があるとおり、京都は三方を山に囲まれている。比叡山や鞍馬山、愛宕山など、古来有名な山も近い。京都府という範囲で見れば、天橋立など、さらに魅力の地は拡がる。

人事にわたっても、葵、祇園、時代の三大祭を筆頭にさまざまな年中行事があり、春には花見、秋には紅葉狩と、年中多くの人が動く。京料理や鯖街道、鱧祭や伏見酒など、食べ物に関わる事柄も実に豊かである。また、京都は今も昔も学生の街である。京都大学や同志社大学などが出身の文学者も多い。

これらの特徴が、京都を描く文学作品の性格をしっかりと支えている。したがって、この巻はもともと、面白くないはずがない！　のである。

オフィス３０３の常松心平さんにはわがままの言い続けで、本当に申し訳なく思っている。解説の三橋俊明さんと三人で、大阪駅近くでじっくり話し合い、飲んだのは本当に楽しい時間だった。大和書房の方々、およびこの本のためにお力添え下さった皆様に、心よりお礼を申し上げます。

監修●**真銅正宏**(しんどう　まさひろ)

1962年大阪府生まれ。神戸大学大学院文化学研究科(博士課程)単位取得退学。同志社大学文学部教授。日本近代文学会、日本文学協会、昭和文学会等会員。日本近現代文学を中心に、小説の方法、江戸音曲や食文化などの周辺文化と文学の関わりを研究。最近は、世界各地を訪れた日本人の近代旅行記を研究している。著書に『永井荷風・音楽の流れる空間』(世界思想社)、『ベストセラーのゆくえ－明治大正の流行小説－』(翰林書房)、『小説の方法－ポストモダン文学講義－』(萌書房)、『食通小説の記号学』(双文社出版)、『永井荷風・ジャンルの彩り』(世界思想社)などがある。

解説●**三橋俊明**(みはし　としあき)

1947年東京都・神田生まれ。1973年『無尽出版会』を設立、参加。日本アジア・アフリカ作家会議執行役員を歴任。著作に『路上の全共闘1968』(河出書房新社)、共著に『別冊宝島　東京の正体』『別冊宝島　モダン都市解読読本』『別冊宝島　思想の測量術』『新しさの博物誌』『細民窟と博覧会』『流行通行止』(JICC出版局／現・宝島社)『明日は騒乱罪』(第三書館)、執筆にシリーズ『日本のもと』(講談社)などがある。

絵画●**伊藤若冲**(いとう　じゃくちゅう)

1716年京都錦小路の青物問屋に生まれ、家業のかたわら画を学ぶ。40歳で家業を弟に譲り、絵画制作に専念するようになる。身のまわりの動植物をモチーフとした作品が多く、花鳥画では『動植綵絵』、水墨画では『鹿苑寺大書院障壁画』などの作品がある。被写体をユーモラスに描いた作品もあり、幅広い画風で江戸中期に数多くの作品を描いた。1800年没。

●作品タイトル一覧

カバー「伏見人形図」／国立歴史民俗博物館所蔵

p.2・p.46・p.136「菜蟲譜」／佐野市立吉澤美術館所蔵

p.206「樹花鳥獣図屏風」／静岡県立美術館所蔵

p.8「群鶏図押絵貼屏風」／p.68「鼠婚礼図」／p.110「糸瓜群虫図」／p.178「仔犬に箒図」／p.218「虻に双鶏図」／以上、細見美術財団所蔵

地図協力
● マップデザイン研究室

写真協力（五十音順・敬称略）
● 朝日新聞社（p.18・24・44・57・66・77・81・108・121・133・159・176・187・216）
● テルプランニング（p.33）
● 渡辺たをり（p.52）
● 講談社（p.99）
● 新潮社（p.146）
● 万城目学（p.203）

● 表記に関する注意
本書に収録した作品の中には、今日の観点からは、差別的表現と感じられ得る箇所がありますが、作品の文学性および芸術性を鑑み、原文どおりといたしました。また、文章中の仮名遣いに関しては、新漢字および新仮名遣いになおし、編集部の判断で、新たにルビを付与している箇所もあります。さらに、見出し等を割愛している箇所もあります。

ふるさと文学《ぶんがく》さんぽ　京都《きょうと》

二〇一二年十一月三〇日 初版発行

監修　真銅正宏《しんどうまさひろ》
発行者　佐藤 靖
発行所　大和《だいわ》書房
〒一一二－〇〇一四
東京都文京区関口一－三三－四
電話　〇三－三二〇三－四五一一

ブックデザイン　ミルキィ・イソベ（ステュディオ・パラボリカ）
明光院花音（ステュディオ・パラボリカ）
編集　オフィス303
校正　聚珍社
本文印刷　信毎書籍印刷
カバー印刷　歩プロセス
製本所　ナショナル製本

ISBN 978-4-479-86205-5
乱丁本・落丁本はお取り替えいたします。
http://www.daiwashobo.co.jp/